身在浮世，心向清欢

遇见古诗词之美

子聿 著

江苏凤凰文艺出版社
JIANGSU PHOENIX LITERATURE AND
ART PUBLISHING

目　录

三、诗中风景

四、四季如诗

一

诗意生活

跟着陆游去撸猫

| 1 |

　　歌里唱得一点都没错，很多时候，就因为在人群中多看了一眼，然后便死心塌地。比如陆游，人生的前七十余年都在忙着考试与被除名，忙着相爱与被拆散，忙着爱国与被罢官。他太忙，忙到根本没时间做一个铲屎官，也根本没想过猫会是人生里的重要角色，直到七十多岁。

　　我又在想，如果陆游不是活到了八十六岁，而是像李白、杜甫一样只活到六十岁左右，那他这辈子也就没有这段猫缘了。唉，撸猫要趁早啊！陆游七十多岁的时候，最后一次告别了朝廷，虽然他仍旧不舍，仍旧爱国，但没有办法，他这个年龄，跟敌人、跟坏人都斗不动了。陆游带着他大半生的诗稿与书卷回到家乡，过起了"一树梅前一放翁"的生活。

但是新的问题迎面而来。

陆游是个藏书家，他在《书巢记》中写道："吾室之内，或栖于椟，或陈于前，或枕藉于床，俯仰四顾，无非书者。吾饮食起居，疾痛呻吟，悲忧愤叹，未尝不与书俱。"

他的桌上、床上到处都是书，他的饮食起居、病痛呻吟、悲愤忧叹也从来都是跟书卷在一起。

但老鼠不管这些，它是个十足的破坏王。关于这一点，陆游也有记载：

> 云归雨亦止，鸦起窗既白。秋宵未为永，不寐如岁隔。
> 平明丞不榻，亦未暇冠帻，检校案上书，狼藉鼠啮迹。
> 食箪与果笸，攘取初不责；傲然敢四出，乃至暴方册。
> 坐令汉箧亡，不减秦火厄。向能畜一猫，狡穴讵弗获？
> 缄縢又荡然，追咎亦何益。惰偷当自戒，鼠辈安足磔。
>
> ——陆游《鼠败书》

在某个风雨交加的夜晚，陆游心神不宁，难以入睡，冥冥之中总觉得将有不幸发生。金人又来了？秦桧又活了？母亲又要逼我离婚了？等到第二天早上，他起床到书房一看，虽然半夜时担心的那些事都没发生，但他案头那些书已被老鼠糟蹋得不像样子了。"天杀的，你们偷我粮食、吃我瓜果也就算了，今天又来糟蹋我的书，真是'是可忍，孰不可忍'啊，看我不养一只喵星人来收拾你们！"

就这样，第一只猫来到了陆游的家中。没人知道，陆游一共养了多少只猫，但从此之后，陆游吸猫上瘾不能自拔的确是事实。

| 3 |

盐裹聘狸奴，常看戏座隅。

时时醉薄荷，夜夜占氍毹。

鼠穴功方列，鱼飧赏岂无。

仍当立名字，唤作小於菟。

——陆游《赠猫三首·其一》

你一定读过李白的《赠汪伦》吧？"桃花潭水深千尺，不及汪伦送我情"；也读过杜甫的《赠花卿》吧？"此曲只应天上有，人间能得几回闻"。但是，我猜你一定没读过陆游的《赠猫》。是的，"喵星人"一来到陆游的家，我们的大诗人就作了一首诗送给它。

喵啊喵，你是这世间最牛的猫了。

不但作了诗，陆游还给这个用盐换来的"喵星人"取了个霸气的名字——小於菟。说好的猫，怎么变成兔了？不不不，这可不是兔子的兔，看好了，还多个草字头呢。於菟是老虎的别称。怎么样，这名字是不是又霸气又呆萌？

服役无人自炷香，狸奴乃肯伴禅房。

昼眠共藉床敷暖，夜坐同闻漏鼓长。

贾勇遂能空鼠穴，策勋何止履胡肠。

鱼飧虽薄真无媿，不向花间捕蝶忙。

——陆游《鼠屡败吾书偶得狸奴捕杀无虚日群鼠几空为赋此诗》

这首诗如果写在自媒体时代，题目可能就是《八旬老汉家中老鼠成灾，他竟然把猫……》。

他竟然把猫怎么样了呢？他竟然把猫当成了家人。晚上，他在书房读书，喵星人就蹲在旁边，兴起时一起听静夜漏鼓，困倦时一起拥书卧床。你看，这不是红袖添香的画面吗？还有后面的，说喵星人捉老鼠如何如何厉害，一点也不贪玩，就算吃一条大鱼也是应该的。完全是老子夸儿子嘛！

> 似虎能缘木，如驹不伏辕。但知空鼠穴，无意为鱼飧。
> 薄荷时时醉，氍毹夜夜温。前生旧童子，伴我老山村。
> ——陆游《得猫于近村以雪儿名之戏为作诗》

陆游啊陆游，你中猫毒越来越深了呀，简直到了神志不清的程度。这不，又新得了一只猫，取名叫"雪儿"。说猫像猛虎，却比老虎多一招上树的本领；又说似骏马，但比骏马更桀骜，不肯被束缚。你咋不说它是猫神呢？更过分的来了，"但知空鼠穴，无意为鱼飧"，这种毫不利己专门利人的精神，要不要给它颁发一个五一劳动奖章什么的呀？临了还来个必杀，"前生旧童子"！我的天，这不是古装玄幻穿越偶像剧吗？

> 连夕狸奴磔鼠频，怒髯嗫血护残囷。
> 问渠何似朱门里，日饱鱼飧睡锦茵？
> ——陆游《赠粉鼻》

陆游不会英语，要不然的话，这首诗估计就得叫"赠北鼻"了。没错，除了小於菟和雪儿，陆游还有一只叫粉鼻的猫。名字取得甜度超标，诗写得更是腻出了饱和脂肪酸啊。猫儿每一晚都与老鼠浴血奋战，竭尽全力保护着家里的粮食。白天就不一样了，猫儿啊，你怎么像个纨绔子弟，吃饱喝足就睡大觉？陆游啊，你还好意思问，还不是你给宠的！

风卷江湖雨暗村，四山声作海涛翻。
溪柴火软蛮毡暖，我与狸奴不出门。
——陆游《十一月四日风雨大作二首·其一》

《十一月四日风雨大作》？这不是那首"夜阑卧听风吹雨，铁马冰河入梦来"吗？没错，不过"入梦来"是风雨大作那天睡着之后的事。那睡前呢？睡前，陆游听着外面呼啸的风雨声，拥着屋子里暖暖的厚毡炉火，心里惦念着社稷山河，手上还是不停地撸着猫。

| 4 |

我幻想出这样一幅画面：有一天，一群老诗人聚到一起，聊起退休之后的生活。这个说在养仙鹤，大有羽化而登仙之势；那个说在训猕猴，并且正准备写一本《猴类简史》。陆游说，我在养猫。所有人的目光一下子聚集到陆游的身上，猫好撸吗？听说要铲屎？猫主子的脸色难看吗？面对一众问题，陆游微微一笑，看了看时间，对那老几位一抱拳说："失陪了，我得回家吸猫去了。"

跟着苏轼觅美食

李白消愁靠酒，苏轼解忧以肉。

公元 1069 年，北宋的版图突然光芒四射，王安石变法开始了。三十四岁的苏轼，上书谈论新法的弊病，王安石很生气，后果很严重。苏轼自请离京，至此，他二十几岁时眼中的"平和世界"便宣告结束了。

经历了杭州、密州、徐州的八年岁月，公元 1079 年，苏轼来到湖州任知州。革新除弊，因法便民，开创湖州画派，用苏轼自己的话说，这也算"何似在人间"。只是他没想到，一封带了点个人感情色彩的谢上表，让对他早已怀恨在心的新党人抓住了小辫子。"衔怨怀怒""指斥乘舆""包藏祸心"，几条大罪，把苏轼请进了大狱。杀与不杀，朝臣们因为苏轼争辩了一百三十余天。之后，苏轼走出京城的大牢，打点行囊，准备去僻壤的黄州出任团练副使。

这就是北宋著名的"乌台诗案"。

来到黄州后，你以为苏轼会忧愁得茶饭不思、寝食难安？不，你错了，他要吃。没有一个强壮的身体，怎么承载伟大的灵魂？

自笑平生为口忙，老来事业转荒唐。

长江绕郭知鱼美，好竹连山觉笋香。

逐客不妨员外置，诗人例作水曹郎。

只惭无补丝毫事，尚费官家压酒囊。

——苏轼《初到黄州》

他自嘲一生都在为这张嘴奔忙，没想到老来犯了错，险些亏了嘴。幸好，这黄州偏虽偏、穷虽穷，但是长江里的鱼美、后山上的竹笋香啊！想来诗人中有几个没被贬过？只是因身挂空职，于江山社稷无半点贡献，却要耗费官府俸禄，领取压酒囊而惭愧。没点豁达的心胸，怎么好意思当一个吃货！

大自然的恩赐固然美好，手艺也是必不可少的。苏轼适应了黄州的生活节奏后，就办起了美食课堂，反正有大把时光。

净洗铛，少著水，柴头罨烟焰不起。

待他自熟莫催他，火候足时他自美。

黄州好猪肉，价贱如泥土。

贵者不肯吃，贫者不解煮。

早晨起来打两碗，饱得自家君莫管。

——苏轼《猪肉颂》

将锅清洗干净，添少许水，火候也重要，要用柴火压住火苗，虚火慢炖。不要催促它，火候到了，滋味自然而至。黄州农家的土猪肉质鲜美，价格又便宜得要命，有钱人不稀罕吃，贫贱者又不懂烹饪，这简直就是为我准备的，早上起来就要吃上两碗。

苏轼很惬意。

| 2 |

公元 1084 年，苏轼跟长江里的鲈鱼、后山上的竹笋，还有市场上的土猪肉——作别，离开黄州，赴汝州任。赴任途中，因为一些事情，苏轼在常州、江阴一带生活过一段时间。有一次，他去拜访一位叫惠崇的僧人朋友，这位友人拿出自己新近画的《春江晚景》给苏轼赏看。苏轼雅兴大发，当即赋诗：

竹外桃花三两枝，春江水暖鸭先知。

蒌蒿满地芦芽短，正是河豚欲上时。

——苏轼《惠崇春江晚景二首·其一》

这是一首题画诗。在惠崇和尚这幅画里，苏轼看到了春色，也看到了美食。我想，苏轼内心的声音或许是这样的：哟，竹林外的桃花开了，也就是说，竹笋可以吃啦！江水暖了，也就是说，可以逮鸭子吃啦！据说蒌蒿是治疟疾的，不好吃，没关系呀，可以吃鲜嫩的芦芽啦！还有那跃跃欲上的河豚，等我考下资格证书，就可以捕来吃啦！

竹笋和芦芽也就算了，这又是鸭子，又是河豚的，苏大人，你这是要拉和尚还俗啊！

| 3 |

公元 1085 年到公元 1094 年间，朝廷乱成了一锅粥，一会儿新党执政，一会儿旧党当权，苏轼也跟着起起伏伏。公元 1094 年，新党再次占了上风，苏轼被降为宁远军节度副使，远迁惠州。惠州这个地儿，离广州、深圳、香港都只一步之遥。别羡慕，那时这里还是一个未开发的荒蛮之地。

荒蛮不要紧，有好吃的就行。之前的大鱼大肉，苏轼也算吃够了，这回来惠州，他要过过热带水果的瘾。

> 罗浮山下四时春，卢橘杨梅次第新。
> 日啖荔枝三百颗，不辞长作岭南人。
>
> ——苏轼《惠州一绝》

罗浮山下，一年四季都是大好时光，天天都有新摘的枇杷和杨梅，鲜嫩逼人。都说这里荒蛮偏僻，要是每天能吃上三百颗荔枝，我愿在这荒蛮之地过一辈子。

苏轼是个美食家，唯独这一次，你可别学他。众所周知，荔枝吃多了上火，当地就流传着"一把荔枝三把火"的民谣。苏轼天天吃荔枝，好心的老百姓就劝他少吃些。可惜，当地百姓说的是客家话，苏轼这个川娃子没听懂，听成了"日啖荔枝三百颗"，于是决定向当地人看齐。

苏大人，嘴里的溃疡好了吗？脸上的痘痘消了吗？鼻血现在止住了吗？

| 4 |

三年后，已经六十有余的苏轼被一叶孤舟送到了更加荒凉的海南岛儋州。据说在宋朝，放逐海南是仅比满门抄斩轻一等的处罚。苏轼在他生命的最后一年写了一首诗：

> 心似已灰之木，身如不系之舟。
> 问汝平生功业，黄州惠州儋州。
>
> ——苏轼《自题金山画像》

可见，黄州、惠州、儋州是苏轼一辈子的痛。然而，虽然生活已经如此不堪，但还是没耽误他吃。

终于到了海边，苏轼发现，原来大海里可吃的东西比陆地上还要丰富。那些竹笋、鲈鱼、鸭子啊，跟一种美食比起来，简直弱爆了，这种美食就是生蚝。尝过了生蚝的美味，苏轼当即给儿子修书一封：

> 无令中朝士大夫知，恐争谋南徙，以分此味。

儿啊，爹告诉你，在海南有一种特别好吃的东西叫生蚝。不过你可千万别让朝中那些士大夫们知道，不然他们会争先恐后地来海南跟我抢吃的，那可就不好了。

那些大臣怎么可能来呢？命运经常与苏轼开玩笑，不过这一次，是苏轼在跟命运开玩笑。关于吃，苏轼其实可以单独出一本书，就叫《舌尖上的一生》。

以诗词的名义品尝瓜果

　　小时候的一切欢乐和忧愁差不多都跟吃有关。

　　比如出生时，大概是出于对这个未知世界的本能恐惧，就开始哭。这是一个人最初的忧愁。这哭声是怎么止住的呢？多半是因为小嘴巴吮到了母亲的乳汁——乳汁就是美好。过了一年左右，母乳吃到了尽头，妈妈再也不让我们一头扎到怀里。又要哭。可是没哭两天，各种新鲜味道——咸、酸、香、甜又接踵而至。这些新鲜味道仿佛为人生打开了一道大门，迈过门槛的那一刻，我们懂得了什么叫幼稚——贪恋母乳就是一种幼稚。再后来，多少次鼻子里的酸都是被嘴里的甜治愈的。

　　小时候的一切好恶也都跟吃有关。比如我喜欢去隔壁的王大娘家串门，因为王大娘做的裹糖花生香极了；但我不喜欢去后院的赵婶子家，因为赵婶子有一次煎煳了鱼，那股焦煳味在她家墙上足足挂了一年，难闻得很。比如我喜欢夏天而不喜欢冬天，小时候，瓜果几乎是唯一的零食，而夏天简直是一场瓜果的盛宴。

小时候认为品尝瓜果是一件美事，长大后方知读诗亦是一件美事，如果把二者合而为一，岂不是美上加美？

| 1 |

> 一片春愁待酒浇。江上舟摇，楼上帘招。秋娘渡与泰娘桥，风又飘飘，雨又萧萧。
>
> 何日归家洗客袍？银字笙调，心字香烧。流光容易把人抛，红了樱桃，绿了芭蕉。
>
> ——蒋捷《一剪梅·舟过吴江》

蒋捷的这首词，写于春末夏初。时间上，比春末夏初更为重要的是，此时还是宋末元初。临安城被元军所破，词人开始流浪，所以一开篇就提到"愁"。愁到什么程度呢？愁到连秋娘和泰娘的美也无心欣赏，只看到眼前的风雨交加。

仿佛世间所有的伤心事，都发生在春天将要过去的时候。李白听说王昌龄被贬——"杨花落尽子规啼"，是暮春；李商隐的妻子去世——"东风无力百花残"，是暮春；蒋捷目睹山河破碎、开始颠沛流离的生活——"流光容易把人抛"，也是在暮春。是啊，樱桃红了，芭蕉绿了，夏天到了。

我们生活在一个美好的时代，没有蒋捷那样的愁，但每逢落花流水，总还有人会"伤春"。春光流逝的确令人伤感，不过尝一颗红了的樱桃，看一眼绿了的芭蕉，也算是欣慰吧。

爱吃樱桃的还有杜甫。不过，"诗圣"吃这颗樱桃的时候，心里也是五味杂陈。

> 西蜀樱桃也自红，野人相赠满筠笼。
> 数回细写愁仍破，万颗匀圆讶许同。
> 忆昨赐沾门下省，退朝擎出大明宫。
> 金盘玉箸无消息，此日尝新任转蓬。
>
> ——杜甫《野人送朱樱》

杜甫一生中吃过两次刻骨铭心的樱桃。一次是在京城，一次是在巴蜀；一次是君王赏赐，一次是乡人赠予；一次他是用着金盘玉箸的门下省左拾遗，一次他已是命如蓬草、漂泊不定的贬官。

人生大有不同，比如杜甫，"会当凌绝顶，一览众山小"是他，"白头搔更短，浑欲不胜簪"也是他。神奇的是，夏天一到，天下的樱桃总是一样的红艳。无论是太平盛世还是战乱的荒年，樱桃都有着不受世事打扰的娇嫩与匀称。樱桃还是那颗樱桃，变的是吃樱桃的人。

用一句话来概括苏轼的一生，就是：他不是在被贬的地方，就是在被贬的路上。继杭州、密州、湖州、黄州之后，公元 1094 年，朝廷又把五十九岁的苏轼贬到了广东惠州。

那时，广东一带被称为"岭南"。因为地处东南，远离中原，政治、经济等各方面都非常落后，加上气候炎热、疾病较多，人们又称之为"瘴疠之地"。所以，历代的封建统治者都把与自己政见不同的"罪大恶极"者贬谪到岭南，唐代的韩愈也在被贬潮州时叹了一句"好收吾骨瘴江边"。苏轼来到这里，除了不用坐监牢，在身份上，其实已经是一个地地道道的囚犯了。

生活已经苦到了顶点，总要给自己找点甜头，苏轼发现了荔枝。

罗浮山下四时春，卢橘杨梅次第新。

日啖荔枝三百颗，不辞长作岭南人。

——苏轼《惠州一绝》

罗浮山下的卢橘和杨梅都酸甜可口，但苏轼钟爱荔枝。甚至，如果每天都能吃上些许荔枝，即便让他留在这"瘴疠之地"，他也不觉得为难。

在了解苏轼的人生之前，我认为天底下最爱吃荔枝的人是杨贵妃，毕竟"一骑红尘妃子笑，无人知是荔枝来"。读了苏轼的诗，我才知道，杨贵妃充其量是荔枝的爱好者，苏轼才是荔枝"迷"。

他在第一次品尝荔枝时写道："我生涉世本为口，一官久已轻莼鲈。人间何者非梦幻，南来万里真良图。"来惠州尝过了荔枝，连家乡的味道也忘了，人生祸福相依，没想到远涉万里来南方竟是美差。新年时，他写道："荔子几时熟，花头今已繁。探春先拣树，买夏欲论园。"还在隆冬时节，他就开始盼着荔枝成熟了。送别朋友时，他觉得笋蕨一类不足为奇，只盼着荔枝早日成熟，好与友人分享，于是写道："留师笋蕨不足道，怅望荔子何时丹。"

如果活在当今，苏轼恐怕早已成为荔枝的代言人了。

| 4 |

诗人范成大出生在北宋的末年，"靖康之乱"的时候，他还年幼。等到他进士及第，南宋已经建立二十几年了。除了"求和派"，全国上下有一个共同目标——抗金。范成大一介文人，自然不能在沙场上所向披靡，但他做到了在谈判桌前不辱使命。以至于他晚年时，朝廷都不同意他退休，六十几岁了仍四方为官，为国家贡献力量，直到生命终止的前一年。

还好，这期间因为范成大数次请辞，朝廷准许他致仕，他才得以有一段田园岁月。在这几年间，他共写了六十首田园小诗，这是夏季的第一首。

> 梅子金黄杏子肥，麦花雪白菜花稀。
> 日长篱落无人过，惟有蜻蜓蛱蝶飞。
> ——范成大《夏日田园杂兴》

他在《夏日田园杂兴》这组诗里还写到了稻田麦浪、黄丝蚕桑、耘田绩麻、槐荫满窗，但是在夏天来到的那一刻，他首先关注的还是金黄的梅子和果肉肥厚的甜杏。

还有与范成大同时期的杨万里，他把闲居的夏日写成诗时，开口便是"梅子留酸软齿牙"。

云收雨过波添，楼高水冷瓜甜，绿树阴垂画檐。

纱厨藤簟，玉人罗扇轻缣。

——白朴《天净沙·夏》

人们都知道"枯藤老树昏鸦"的《天净沙·秋思》，却很少知道"楼高水冷瓜甜"的《天净沙·夏》。

云收雨过，水面高涨，自然也多了几道波澜。也许是因雨水冲刷后的明净，也许是因雨过天晴后的明媚，远处的楼阁显得比平时高了。河里的水还没经过太阳照射，摸上去带有凉意。雨后的瓜果，想必是得到了滋润的缘故，滋味更加甜美。绿树的树荫一直垂到画檐上。纱帐中的竹席上，一个正值芳龄的女子手持罗扇，在享受夏日时光。

不知为什么，吃瓜的时候总觉得自己就是那个纱帐中的曼妙女子，一旦对镜自视，才明白：我不是罗扇轻缣的女子，我只是一个吃瓜群众。

好了，背不下这些诗的，这个夏天罚你不许吃瓜果！

有没有一壶酒，让你忘了忧

我跟闺蜜认识很多年了，与我的风花雪月不同，她是飒爽英姿的女强人型。但是既然做了我的闺蜜，我保你的生活里少不了诗词歌赋。有段时间，我跟自己较劲，就想知道自己能背下来多少首诗，于是强迫闺蜜给我当助理帮我统计。那段时间，她被迫听我背了不少诗。后来慢慢地，她对诗词有了兴趣，也背了一些。

她是学管理的，毕业后去了一家公司做行政工作。有一次，公司里空降了几个外地的客户，可是市场部的人都出差了，老板抓壮丁似的把她抓进办公室配合谈生意。她说，在整个谈生意的过程中，她就像个剧务，老板要什么她就提供什么，一会儿是PPT，一会儿是产品小样，播放PPT的时候第一遍还放错了，讨了老板一记白眼。

还好，生意谈得还算顺利，合同总算是签了。生意场嘛，合同签成，总要举杯庆祝一下，于是她跟老板还有对方公司的几个人去了饭店。

在用餐时，她只负责两样，微笑与斟酒。临近结尾时，对方老板举起杯来，一段套话后突然诗兴大发，看看手边竹叶青的酒瓶，脱口一句"吴酒一杯春竹叶"，然后，就在大家都等着他继续往下说时，竟然没了下文。不知道是对方老板觉得后面的"吴娃双舞醉芙蓉"不太合时宜，还是其他人不知道怎么接，反正所有人都愣在那里，空气都要结冰了。

几秒钟过去了，眼看着好好的一顿饭要尽毁于此，我闺蜜深呼一口气，说道："王总说'吴酒一杯春竹叶'，咱们今天喝的刚好是竹叶青。但我记得这首诗的最后一句是'早晚复相逢'，我相信咱们两家公司一定会再次相逢，再度合作。"

顿时，附和声、叫好声连连，比这些声音更让闺蜜开心的是老板肯定的眼神。所以说在饭局上，除了酒量，有几句诗垫在肚子里也是必要的。

| 1 |

比如有些人就是爱问一些没有答案的问题——"为什么要在吃饭时喝酒，而不是喝醋呢？"对，我就是那个喜欢问一些没有答案的问题的人。我爸喜欢喝酒，可是他说不上为什么要喝酒。如果他喜欢读诗，那么他就可以用李白的《月下独酌·其二》回答我：

天若不爱酒，酒星不在天。

地若不爱酒，地应无酒泉。

天地既爱酒，爱酒不愧天。

已闻清比圣，复道浊如贤。

贤圣既已饮，何必求神仙。

三杯通大道，一斗合自然。

但得酒中趣，勿为醒者传。

　　李白是个好人！若一个女的说一个男的是"好人"，往往说明她不爱他。不，我是爱李白的，不为别的，只为他给天下爱酒之人找了古往今来最佳的喝酒理由。

　　这是李白《月下独酌》四首里最好理解的一首，我只解释几个词。酒星，天上的一颗星星，也叫酒旗星。天上管什么的星星都有，比如文曲星就管考状元的事。《西游记》里的昂日星官，我原以为是管大公鸡的，后来才知道他的工作内容是"司晨啼晓"。酒星是专门管酒的。酒泉，是真有，就是经常发射卫星那地儿，因为汉武帝时期卫青将军的一坛酒而得名。清与浊，是古代的两种酒。古代不像今天，酒样繁多，琳琅满目，古代就两种酒，一种清酒，一种浊酒。清酒贵些，比如李白说"金樽清酒斗十千"；浊酒便宜些，比如杨慎说"一壶浊酒喜相逢"。大道，是儒家大道；自然，是道法自然。看见了吗？喝完酒，儒家道家统统拿下。

　　　　　　　　　　| 2 |

　　谁要拦着你喝酒，就把这首诗甩给他。如果李白单纯爱酒的理由不够，唐伯虎又给爱酒的人找了一个文艺的理由——风流。

桃花坞里桃花庵，桃花庵里桃花仙；

桃花仙人种桃树，又摘桃花换酒钱。

酒醒只在花前坐，酒醉还来花下眠。

半醉半醒日复日，花落花开年复年。

但愿老死花酒间，不愿鞠躬车马前。

车尘马足富者趣，酒盏花枝贫者缘。

若将富贵比贫者，一在平地一在天；

若将贫贱比车马，他得驱驰我得闲。

别人笑我忒疯癫，我笑他人看不穿。

不见五陵豪杰墓，无花无酒锄作田！

——唐寅《桃花庵歌》

唐伯虎名唐寅，出生在农历庚寅年，即虎年，因此名寅，字伯虎。唐伯虎的一生并不像电影里演的那么风流潇洒，更没什么秋香。比如，在他二十多岁时，父母、妻儿、小妹相继去世；三十岁进京赶考，被牵连进一桩考场泄题案，遭罢黜；回家后精神萎靡，大概就是我们现在说的抑郁吧，与第二任妻子离婚，生病，又跟弟弟分家，从此靠卖文鬻画为生。

三十六岁之后，唐伯虎反而看开了，筑桃花庵别业及梦墨亭，从此安贫乐道，逍遥自在过一生。至于这首诗，不说别的，就那句"但愿老死花酒间，不愿鞠躬车马前"，不正是我们抛开一切功名利禄，开怀畅饮的好理由吗？

有时候喝酒也不需要那么多理由。

| 3 |

得即高歌失即休，多愁多恨亦悠悠。

今朝有酒今朝醉，明日愁来明日愁。

——罗隐《自遣》

　　罗隐这个人相对有些陌生，他出生在社会极其黑暗、极其腐败、国势岌岌可危的晚唐时期，一生最著名的事情就是十举进士而不第。能想象吗，参加十次考试，一回也没考过，该是什么心情？

　　他什么心情我们就顾不得了，我们还是说喝酒。这首诗虽是罗隐失意后抒发愤懑之作，却也塑造了一个纵酒高歌的狂士形象。我们没有失意，我们只当狂士。一边喝酒一边高歌，当然，所有的愁和恨也都无所谓了。今日有酒今且醉，明天的愁，那是明天的事情，今天，我只想喝酒。

| 4 |

　　酒局上，我们不能永远是被动的角色，也会经常遇见躲躲闪闪不愿敞开胸怀畅饮之人，这个时候就需要劝酒。劝，可是门学问。白居易就很会劝酒。

劝君一盏君莫辞，劝君两盏君莫疑，劝君三盏君始知。

面上今日老昨日，心中醉时胜醒时。

天地迢遥自长久，白兔赤乌相趁走。

身后堆金拄北斗，不如生前一樽酒。

君不见春明门外天欲明，喧喧歌哭半死生。

游人驻马出不得，白舆素车争路行。

归去来，头已白，典钱将用买酒吃。

——白居易《劝酒》

要论喝酒，估计谁也喝不过李白。要论劝酒，好像没有人能强过白居易。他一生中写过十几首劝人喝酒的诗，酒量怎么样不知道，但他肯定是酒局上的高手。

前两杯别问缘由，你只管喝，喝到第三杯，你自然明白我的心了。看看，还没怎样呢，客人已三杯酒下肚。喝完这三杯，白大人再给你分析为什么要喝酒。天地遥远，日月相逐，再不喝酒我们就老了。等到与世长辞那一天，你只能挥一挥衣袖，带不走一片云彩，不如活着的时候多喝几杯。我可不是吓唬你，外面已经有人在送葬了，你我早晚也有这一天，还等什么，快喝酒吧。

这一套说辞下来，客人如何不喝啊！不过要是放到今天，白大人，我得劝你一句，你这么劝人喝酒，喝出事来，你是要负法律责任的。

| 5 |

说到劝酒，李白当然也不甘示弱。他的有名的《将进酒》翻译过来就是"请喝酒"。

君不见黄河之水天上来，奔流到海不复回。

君不见高堂明镜悲白发，朝如青丝暮成雪。

人生得意须尽欢，莫使金樽空对月。

天生我材必有用，千金散尽还复来。

烹羊宰牛且为乐，会须一饮三百杯。

岑夫子，丹丘生，将进酒，杯莫停。

与君歌一曲，请君为我倾耳听。

钟鼓馔玉不足贵，但愿长醉不复醒。

古来圣贤皆寂寞，惟有饮者留其名。

陈王昔时宴平乐，斗酒十千恣欢谑。

主人何为言少钱，径须沽取对君酌。

五花马，千金裘，呼儿将出换美酒，与尔同销万古愁！

——李白《将进酒》

    不拘小节这一点，李白算是做到了极致。人家白居易劝酒，是请客人喝酒，尽地主之谊，当然要劝。李白这一回是去朋友家做客，人家做东，他也要劝，而且劝的花样更多，酒也喝得更多。

    首先说诗歌的题目。在这里还是要啰唆一句，可千万别把"将"读成 jiàng，而要读作 qiāng。为什么要读 qiāng 呢？因为在这里，它既不是"将要"的意思，也不是"将领"的意思，而是"请"的意思。

    劝酒第一招：拿时间和人生说事。时间啊，就像这黄河的水，一去不回。这头上，早上还是青丝，晚上就变成了白发。人生有得有失，浮浮沉沉，什么都不如一杯酒来得实在。劝酒第二招：不喝我就唱。岑勋、元丹丘，你俩给我听好了，我李白可端起来了，你俩要是识相，就给我一口闷了；要是不识相，可就别怪我唱歌给你们听了。劝酒第三招：自比古圣贤。要说你我这文采，肯定是不如曹植的；要论我们的遭遇，曹植也要比我们惨啊。他都喝了，我们也喝了吧。劝酒第四招：主客倒置。老兄啊，你不要总哭穷，有多少钱都拿出来买酒嘛！什么宝马啊，什么貂裘啊，留着它做什么，赶紧让你儿子把这些拿去换钱买酒，咱们再一起喝个痛快。

像李白这么劝酒的，也是没有第二个人了。

| 6 |

说到不拿自己当外人的，还有孟浩然。而且我特别喜欢这个酒局，无须劝，也不必，一切都像青山绿水般自然。

> 故人具鸡黍，邀我至田家。
> 绿树村边合，青山郭外斜。
> 开轩面场圃，把酒话桑麻。
> 待到重阳日，还来就菊花。
>
> ——孟浩然《过故人庄》

老朋友设酒杀鸡作食，要他到乡村享受原生态的田园美景和农家乐美食。孟浩然一点也没客气，让来就来了，一路上边走边赞叹农村的美妙风光。两个人坐到炕上，打开窗户，喝着小酒，聊着小天，可把孟浩然给滋润坏了。酒喝完了，一咂嘴，告诉老朋友："别着急，等到重阳节，我还来。到那时候，菊花就开了，咱俩继续喝喝小酒，聊聊小天。"

最后是个万能的句子。春天的时候，你可以说"待到清明日，还来就桃花"；夏天的时候，你可以说"待到端午日，还来就槐花"；冬天的时候，你还可以说"待到大寒日，还来就雪花"。

酒这个东西呢，小酌怡情，大饮伤身。可以借酒消愁，可以寄情于酒，但千万不要真的像李白说的那样，喝三百杯，他是夸张手法。切记！切记！

洗尽铅华仍是茶

除了母乳，我喝的第一口带滋味的饮料，是茶。可不是尝，没有蜻蜓点水般的矜持，抱起我外公的大茶碗就往嘴里倒；也不是品，那茶水流了我满脸，洒了我满身，灌了我满嘴，我却没有琢磨它的味道。第一口茶，就这样喝了进去。

我确信味蕾是有记忆的，甚至比大脑还要好。这个"喝茶事件"并没有在我的脑海中留下印记，是我稍长大一些后，家人告诉我的。他们给我讲这件事，是因为我又一次自发地端起了我外公的大茶碗。这说明我的舌头在我知道这件事情之前就适应了茶的味道。直到如今，我也是个很爱喝茶的人。

我曾见过许多把茶喝出名堂的人。他们轻轻喝一口，眼睛眯一下，再睁开，就能滔滔不绝地说许许多多。仿佛算卦先生，只是问了生辰，就把这个人一辈子的好事坏事知道了个透。又仿佛中医大夫，只是搭了个脉，五脏六腑、七经八络的事就了然于心了。话语跟茶香纠缠在一起，绕梁三日。我把他们称作被茶浸润过灵魂的人。我也想喝出这样的名堂，于是我将自己泡在茶里数年，却仍然喝不出价格，喝不出年份，喝不出产地，喝不出春茶与秋茶，喝不出明前明后、雨前雨后。终究，我放弃了。跟三岁看老一样，大概是我人生的第一口茶喝得太糙、太急、太没底蕴，注定这辈子只能喝，不能品，更不能高谈阔论了。

我继续将自己泡在茶里，又是数年，还好，终于有了收获。虽然还没有喝出茶的品质，但我总算尝出了凉与热，分清了满与浅，看懂了淡与浓。如此，我的茶，不在舌头，而在心头。

再后来，我又在茶里添了一味佐料，不是糖，也不是奶，而是诗。再一口下去，也能说出一二了。

| 1 |

凤舞团团饼。恨分破，教孤令。金渠体净，只轮慢碾，玉尘光莹。汤响松风，早减了二分酒病。

味浓香永。醉乡路，成佳境。恰如灯下，故人万里，归来对影。口不能言，心下快活自省。

——黄庭坚《品令·茶词》

黄庭坚有个雅号，叫"分宁茶客"，其实这个雅号来得本不雅。当时的宰相富弼自持精通诗文，又闻说黄庭坚才华横溢，就一直想与之切磋一番。谁知相会后，黄庭坚的才学并未入宰相大人的法眼，富弼从此逢人便说，本以为黄庭坚如何了得，原来只是分宁一茶客。哪承想后来"分宁茶客"声名远播，倒帮着黄庭坚涨了不少人气。

黄庭坚作为"苏门四学士"之一，并不像富弼说的那样只识饮茶，且看他写的茶词，就那么耐人寻味。茶饼上印着凤凰飞舞的图案，饮茶人将茶饼掰开，凤凰从此分飞孤零。这是茶之金贵。用干净的金渠（茶碾）慢慢研磨，直到把茶磨成琼粉玉屑。这是茶之讲究。茶壶内汤沸之声如松林风响，闻之，已将人的醉意减了二分。茶亦能使人醉，但不像醉酒般痛苦，这种醉反倒让人渐入佳境。这感觉恰如一个人正感到孤单寂寞时，有老朋友从万里之外赶来与他相会。是欣喜？是感动？是惊讶？说不清，只有饮茶的人才能感觉到这其中的滋味。这是茶之妙处。

"口不能言，心下快活自省"，让我一下子想到了陶渊明的"此中有真意，欲辨已忘言"和李白的"但得酒中趣，勿为醒者传"。爱一个事物，爱一种生活，自己知道就够了，无须多言。

| 2 |

活水还须活火烹，自临钓石取深清。
大瓢贮月归春瓮，小杓分江入夜瓶。
雪乳已翻煎处脚，松风忽作泻时声。
枯肠未易禁三碗，坐听荒城长短更。

——苏轼《汲江煎茶》

黄庭坚这位门生把茶喝到了如此高的境界，作为老师的苏轼岂有不斟一盏之理？而且苏轼煮起茶来似乎要更考究一些。

火，要冒着火苗的活火；水，要刚刚从江里打上来的活水，并且一定要亲自到钓石上去取既深又精的水。仿佛同是这江里的水，自己取的和他人取的还有分别。其实水是一样的，不一样的是饮茶时的感受。如果只做座上宾，茶中便只有味道而没有乐趣了。怪不得苏轼一定要亲力亲为呢，换作旁人，一定不懂得舀水的同时也要舀出水中的月亮，这样煮出来的茶能品出月光的味道。怪不得苏轼一定要亲力亲为呢，"大瓢贮月"这样的雅事他怎舍得让给别人。

茶沫像雪乳般洁白，在沸腾处漂浮；壶内的茶声似风过松林般震吼。唐代有"茶仙"美誉的卢仝说茶是好东西，"一碗喉吻润，两碗破孤闷。三碗搜枯肠……"意思是说，思路不畅的时候喝上三碗茶便能文思泉涌了。苏轼却说三碗未必能搜得了枯肠。其实，以苏轼的才华，何须茶饮来搜枯肠呢？他无非是想多喝几碗罢了。那么喝透了茶后，又能做些什么呢？坐下来，静听荒城里悠悠的更声。

此时的苏轼被贬到了海南儋州，这在当时是只比满门抄斩轻一等的罪行。按说他该借酒消愁，可他没有，他用茶来温润自己那颗受伤的心。正如当年，谪居黄州四年之后虽迎来了政治上的转机，但苏轼似乎已无心仕途，写出了"雪沫乳花浮午盏，蓼茸蒿笋试春盘。人间有味是清欢"的句子，想就着春茶春蔬清淡一生。

说到失意与困顿，我又想到了陆游。陆游一生为国，却屡遭贬谪，老来归守田园，虽也有陶渊明式的恬淡，可从他的诗里总还能看出一丝不平静来。"叹息老来交旧尽，睡来谁共午瓯茶"，旧交零落，没有人跟他一起喝喝茶聊聊天，成了他唯一能说出口的伤感。

还有辛弃疾。被罢官后的辛弃疾这样说：年轻时，一旦春天来了，内心仿佛浓烈的酒，赏花、策马、豪饮千杯。而老来逢春却如酒醉，浑浑噩噩，毫无兴致，只想在房间焚一篆香，喝一盏茶。"少日春怀似酒浓，插花走马醉千钟。老去逢春如病酒，唯有：茶瓯香篆小帘栊。"

3

谁念西风独自凉，萧萧黄叶闭疏窗，沉思往事立残阳。
被酒莫惊春睡重，赌书消得泼茶香。当时只道是寻常。

——纳兰性德《浣溪沙》

茶中不光有滋味，茶中还有故事。这是纳兰的词，写的却是李清照的故事。

李清照与赵明诚是一对既情投意合又志同道合的伴侣，在李清照所著的《金石录后序》中记载着这样一个小故事：赵李夫妇都是博闻强记的人，每天吃过饭，便坐到归来堂中烹茶、饮茶。可这茶并不是想饮即饮的。堂中书籍史料浩如烟海，要说出某事在哪本书的第几页第几行才可饮茶。有时候说中的人举杯大笑，以至于茶杯倾倒，茶洒了满怀，反倒没饮成。李清照说，这样的生活让她心甘情愿在家乡终老。

纳兰性德也曾和妻子有过这样美好的时光，可惜妻子早逝，只留他一个人在西风中、在夕阳里回忆当年。

有故事的还有司马相如。《史记》中记载司马相如患有"渴疾"，大概是糖尿病的症状，因此需要饮茶解渴。"一觞一咏"本是喝酒吟诗，但在司马相如这里，便成饮茶了。他与群贤宾客品茗赋诗，风姿挺秀，胸中文思犹如三峡流水。夜晚归来，爱妻卓文君并未就寝，两人相对坐在小窗前共度良宵。

想起这个故事时，黄庭坚正与他的朋友文彦博品茶。

> 北苑春风，方圭圆璧，万里名动京关。碎身粉骨、功
> 合上凌烟。尊俎风流战胜，降春睡、开拓愁边。纤纤捧，
> 研膏溅乳，金缕鹧鸪斑。
> 相如虽病渴，一觞一咏，宾有群贤。为扶起灯前，醉
> 玉颓山。搜搅胸中万卷，还倾动、三峡词源。归来晚，文
> 君未寝，相对小窗前。
>
> ——黄庭坚《满庭芳》

文彦博是北宋时期的一位宰相，想必这茶是御赐的上品，因此黄庭坚说它名动京城，粉身碎骨的精神可与凌烟阁上的功臣媲美，又可解酒醉、除春困、排遣忧愁。更有红巾翠袖、纤纤玉指在一旁沏茶侍奉，堪称赏心悦目的佳事。

我一朋友某次去茶楼喝茶，觉得那茶甚是好喝，特意打听了茶的品种，买来回味。可他说自己泡的怎么也不如人家茶楼泡的好喝，再仔细琢磨，原来是身边少了一位"纤纤捧，研膏溅乳"的茶艺师。

| 5 |

宋人的茶喝得讲究、仔细，又要活水活火，又要龙凤团茶，又要纤纤玉手。这些，我是做不到的，所以我更想跟唐人喝一盏。唐人的茶，喝得随意，但随意不等于不讲究，唐人的茶里，一样有声，有色，有韵。

南州溽暑醉如酒，隐几熟眠开北牖。

日午独觉无余声，山童隔竹敲茶臼。

——柳宗元《夏昼偶作》

　　柳宗元因"永贞革新"被贬到永州，后来作了《永州八记》，作了"永州之野产异蛇"的《捕蛇者说》，成为不朽。永州地处今湖南境内，对于柳宗元这个山西人来说，这里太热了。又湿又热的夏日使人如醉酒般昏沉，只好打开北窗，在几案上酣然午睡。一觉醒来，四下里万籁俱静，只听隔着竹林有村童在敲茶臼制茶。

　　诗中并未描写饮茶，但敲茶臼的声音预示着新茶将要制成。在这个湿热的午后，一盏清茗定是解暑的法宝。

　　这是品茶音。

生拍芳丛鹰嘴芽，老郎封寄谪仙家。

今宵更有湘江月，照出菲菲满碗花。

——刘禹锡《尝茶》

　　刘禹锡也是"永贞革新"的参与者，所以也逃不掉被贬的命运。从"湘江月"来看，此时他应该在朗州。诗人的老友采下鲜嫩的芽茶，从很远的地方邮寄给他。茶是上等的好茶，朋友的心意更是珍贵，所以他特意选了一个诗意的月圆之夜烹茶啜饮。一注皎洁的月光泄入杯中，与明亮的茶汤、氤氲的香气交织在一起，还没等喝，杯内与心里都已开出花来。

　　这是品茶色。

坐酌泠泠水，看煎瑟瑟尘

无由持一碗，寄与爱茶人。

——白居易《山泉煎茶有怀》

坐下来，注入清凉的水，静静地看着正在煎煮的碧色的茶粉细入尘埃。端起一碗茶，不需要任何理由，只是想把他寄给同样爱茶的人。

白居易在何处煎茶？煎的什么茶？又要寄给哪位爱茶的人？诗中都没说。此诗只告诉我们一件事，爱茶与喝茶，是不需要理由的。

这大概就是品到了茶的神韵。

我决定就此释怀。哪怕我此生都无法在啜一口之后就说出茶的产地、年份、价格等，也无所谓，喝茶嘛，喝的就是茶。

跟着李清照学文艺

不是所有诗人都文艺，或者说，不是所有诗人都一直文艺。

比如杜甫，他在嗟叹"丛菊两开他日泪，孤舟一系故园心"时就很文艺；但在描写"老翁逾墙走，老妇出门看"时，虽然让我们感受到了强烈的爱国主义精神，可论及文艺气质，就略显弱了些。

再比如陆游，同样是给儿子讲道理，"不须饮酒径自醉，取书相和声琅琅"就要比"纸上得来终觉浅，绝知此事要躬行"文艺。

唯有李清照，一生中无论喜、忧、乐、愁，始终那么文艺。那么问题来了，是哪些日常撑起了李清照文艺大神的气质的呢？

| 1 |

熏香

木心说"从前慢"，看来"快"和"文艺"是一对劲敌。慢，不是磨蹭，不是拖延，而是安静、放松和从容。这样的气质，熏香可以给你。

熏香，是李清照的日常。有人说，李清照是在忧愁与喝酒中度过一生的，这话没错，但也可以说女神的人生好比一盘香，终难逃幻灭，却也让岁月芬芳。

"薄雾浓云愁永昼，瑞脑消金兽"，"瑞脑"便是龙涎香。丈夫不在身边的日子是没有光亮的，做什么都没有精神，只能眼见着香炉里的香一点一点地燃尽。同样是思念，同样是因思念而起的百无聊赖，熏香可要比刷手机文艺得多。

人对味道是有依赖性的，李清照就偏爱瑞脑香。"酒阑更喜团茶苦，梦断偏宜瑞脑香""玉鸭熏炉闲瑞脑，朱樱斗帐掩流苏""瑞脑香消魂梦断，辟寒金小髻鬟松"，无论是少女时的伤春惜花，还是中年时思念丈夫，抑或是晚年时的孤苦忧愁，李清照的生活里，总是少不了一炉香。

另外，熏香除了可以修炼心性，时间久了，自然也可以香氛绕身。而同样是香，熏香的香就会比香水的香让人更有"味道"。

| 2 |

倚楼凭栏

所谓"凭栏"，就是倚靠栏杆。不要小瞧这轻轻一倚，文艺气质可都在这个小小的动作上。

李清照十八岁那年，赵明诚始登李府。李清照听说自己的未婚夫来了，想看看这人如何，却又羞涩不敢直面，于是"倚门回首，却把青梅嗅"。就是这轻轻一倚，俘获了赵明诚的心。

后来，世事变迁，人生多难，李清照不再倚门嗅梅，而是凭遍栏杆。"倚遍阑干，只是无情绪。人何处？连天芳树，望断归来路。""小院闲窗春色深，重帘未卷影沉沉。倚楼无语理瑶琴。"多少相思，多少愁绪，多少寂寞，都在凭栏处。

李清照喜也凭栏，忧也凭栏，看来凭栏是文艺小青年的标配无疑了。

| 3 |
鸿雁传书

写信是一件特别文艺的事，可是书信早已被即时通信工具狠狠地拍在了沙滩上。

李清照所处的那个时代，没有即时通信工具，所以她文艺了一辈子。

"帝里春晚，重门深院。草绿阶前，暮天雁断。楼上远信谁传？恨绵绵。"

"云中谁寄锦书来？雁字回时，月满西楼。"

"好把音书凭过雁，东莱不似蓬莱远。"

据说，李清照把自己写的那首"莫道不消魂，帘卷西风，人比黄花瘦"寄给了远方的赵明诚，赵明诚接到信后，感动得不知怎样才好。为了表达自己的思念之情，赵明诚闭门三日填了五十首词，并把李清照的那一首混在其中，交给自己的老朋友，让老朋友帮忙选一首最好的。结果几日后，老友登门，红着眼睛对赵明诚说："我几日没合眼，斟酌揣摩数遍，还是觉得那句'莫道不消魂，帘卷西风，人比黄花瘦'最好！"

赵明诚欲哭无泪。

想做文艺青年，案头要有红笺，红笺上要有小字。

| 4 |
赏花

李清照爱花爱到了一定境界，她为太多太多的花作过诗。

她疼爱一株海棠，"知否，知否？应是绿肥红瘦"；怜惜一片梨花，"远岫出山催薄暮，细风吹雨弄轻阴。梨花欲谢恐难禁"；沉醉于一朵秋菊，"不如随分尊前醉，莫负东篱菊蕊黄"；欣赏一枝红梅，"雪里已知春信至，寒梅点缀琼枝腻"；赞美一树桂花，"何须浅碧深红色，自是花中第一流"。

大自然有很多颜色、很多面孔，花是其中最绚烂、最美丽的一种。而美，本身就是文艺。那些时常买一束花回来摆在房间里，或者在自家的露台上侍弄花草的，别看了，你就是文艺青年本人。

| 5 |
泛舟

李清照最开心的时候和最伤心的时候，都去泛舟了。

李清照虽然与丈夫相亲相爱，但是自结婚开始，家庭的、朝廷的、国家的各种纷乱无时无刻不影响着她。与之相比，还是出嫁前的那段时光最无忧无虑，以至于她入京之后还时常忆起在家乡的美妙光阴。

"兴尽晚回舟，误入藕花深处"，是她一生中最安逸也是最开心快乐的时光了。

多年后，历经家园尽毁、丈夫病故的李清照，又去泛舟了。

"闻说双溪春尚好，也拟泛轻舟。只恐双溪舴艋舟，载不动许多愁。"船，是情绪的港湾。

| 6 |
适当地慵懒

懒也文艺？当然。适当地慵懒要比二十四小时打鸡血文艺得多。不过，这里的"懒"可不是一个月不洗澡、两个月不换衣。那什么样的"懒"是文艺的"懒"呢？还得看看大神李清照是怎么做的。

"蹴罢秋千，起来慵整纤纤手"，这也是与赵明诚第一次见面时的情景。美人下了秋千架，疲倦得很，懒得活动双手，文艺女子的憨娇一览无余。

"香冷金猊，被翻红浪，起来慵自梳头"，铜香炉已彻底冷却，红色的被子乱摊在床上，勉强起来却懒得梳头。为什么懒得梳头？因为爱人不在，梳妆也无人欣赏。当思念到达极致，连平日里最爱凭临的栏杆也懒得倚靠了，所谓"楼上几日春寒，帘垂四面，玉阑干慵倚"。

这个"懒"不是懒，而是因为思念而起的对生活的冷淡。

适当地懒，是一种格调。

学会了吗？

有一种"慵"叫格调，有一种"懒"叫情怀

我最怕两件事情，一是去我妈家，一是我妈来我家。我明明是一个非常自律的人，在我妈眼里却成了懒蛋。七点没起床，她说我懒；起了床没及时叠被，她说我懒；叠了被没马上洗脸，她说我懒；洗了脸没在养生的黄金时段吃早餐，她还说我懒。

可懒能怪我吗？来来来，我先介绍几个"懒人"给你认识。

| 1 |

要说最懒，那还得是古代第一才女——李清照。

蹴罢秋千，起来慵整纤纤手。露浓花瘦，薄汗轻衣透。

见客入来，袜刬金钗溜。和羞走。倚门回首，却把青梅嗅。

——李清照《点绛唇》

那年，李清照与赵明诚在李府的后花园邂逅。当时的李清照是什么样子呢？她缓缓地从秋千架上下来，慵懒地揉了揉纤细白净的双手。"慵"即"懒"，表现出这一系列动作的缓慢状。这个懒里，有少女的柔婉和矜持。

如果李清照不懒，一个鹞子翻身从秋千上飞下来，再像体操运动员涂抹滑石粉一样干脆利落地活动双手，那是不是可以求一脚门里一脚门外的赵明诚看见这一幕时的心理阴影面积了？

楼上几日春寒，帘垂四面，玉阑干慵倚。被冷香销新梦觉，不许愁人不起。清露晨流，新桐初引，多少游春意。日高烟敛，更看今日晴未？

——李清照《念奴娇》

这一年，赵明诚打点好行囊开始了一场说走就走的旅行，也不知为什么，李清照没有随行。独自在家的她，并没有唱"我这里天快要亮了，你那里呢"，而是填了这首《念奴娇》。

萧条的院落，清冷的风雨，层层院门紧闭。寒食节到了，春雨颇繁，游玩难成，只好在家饮酒赋诗。最关键的来了，小楼上春寒料峭，窗帘都没有卷起，连平日斜倚远眺的玉阑干也懒得去光临。

阑干即栏杆，这东西在古诗中的消愁作用仅次于酒，不信你可以去问问辛弃疾，一生为国担忧的他可以说倚遍了全国的阑干。这一次，李清照不但不愿出去游玩，就连家里的阑干都懒得倚了。

这里的懒，是深闺寂寞，是无限思念，是一个人的百无聊赖。

| 2 |

还有陆游。

懒向青门学种瓜，只将渔钓送年华。双双新燕飞春岸，
片片轻鸥落晚沙。

歌缥缈，橹呕哑，酒如清露鲊如花。逢人问道归何处，
笑指船儿此是家。

——陆游《鹧鸪天》

永远爱国、永远热泪盈眶的陆游，突然说"懒向青门学种瓜"是
有原因的。

"青门种瓜"这个典故来自汉初。邵平在秦朝被封为东陵侯。秦
被汉灭，邵平沦为布衣，开始了在长安城的青门外种瓜的生活。青
门种瓜，表示他虽沦为百姓，却不愿离开都城。

陆游没有经历改朝换代，一颗赤诚之心却无数次地被奸人诋毁，
被统治者无视，所以他失望了，"懒向青门学种瓜"，只愿在家乡山
阴垂钓度日，闲看新燕轻鸥。

这里的懒，是一种气节、一种孤傲。

| 3 |

忧国忧民的杜甫也逃不过春困秋乏。

黄师塔前江水东，春光懒困倚微风。

桃花一簇开无主，可爱深红爱浅红。

——杜甫《江畔独步寻花七绝句·其五》

杜甫写这首诗的时候，差不多五十岁了。他一共活了不到六十岁，所以这时的他正值晚年。一个老者，漫步江畔，沉醉于春风，想着桃花是深红的可爱还是浅红的可爱这样少女心的问题。你是不是猜我要说这里的懒是未泯的童心？错了。

让我们来回顾一下杜甫写这首诗前都经历了什么。他经历过名落孙山，经历过报国无门，经历过孩子夭折，经历过战乱爆发，经历过被困敌区，经历过颠沛流离。然而在这种种经历之后，在那个只能临时栖身的草堂旁，却能被一簇桃花吸引，能在和美的春光里犯懒，这个懒，该是多么豁达而淡然！

| 4 |

说到懒，最有名气的应该是元稹那句"取次花丛懒回顾，半缘修道半缘君"。纵使有美人万千在我身边经过，我也懒得看一眼，一半是因为修道，一半是因为你。

这个懒，懒得太深情，懒得太动人。

所以，我六点不起床，是我忘了日月；起了床不叠被，是我蔑视束缚；叠了被不洗脸，是我不屑粉饰；不着急吃饭，我能说我腹有诗书吗？

我不是懒，我只是活得自然。

最风雅，莫过于斜倚栏杆

什么？是为杜绝汽车越双黄线、行人乱穿马路而在道路中间架起的那个栏杆吗？是停车场入口处为了确保收入而安置的那个一车一杆的栏杆吗？是热门景点大门处为了让游人有序排队而设置的那个九曲十八弯的栏杆吗？是单位门口那个可以伸缩、能显示年月日，还有一圈彩灯闪来闪去的那个栏杆吗？是监狱里……

想什么呢！我说的这个栏杆，是小楼、凉亭、花园香径里的栏杆。如果你还是觉得不诗意、不风雅，那我再换个写法——阑干。这回是不是好多了？没错，古人往往不写栏杆，而写阑干。

是时候做个科普了。

很多人觉得古诗特别晦涩难懂，其实这跟古人用词有关。比如阑干。首先，它特别容易跟"阑珊"弄混。"阑珊"是什么意思呢？是凄凉、凋零之意。"那人却在，灯火阑珊处"是灯火零落的意思，"春意阑珊"是春意将尽的意思，跟"阑干"大相径庭。

而"阑干"也不完全是栏杆的意思。世人皆知的白居易的那两首长诗——《长恨歌》和《琵琶行》都提到了"阑干"，但都不是栏杆，而是"纵横"的意思。还有"瀚海阑干百丈冰""北斗阑干南斗斜"，也是横斜之意。

除了"纵横交错"，"阑干"还有一个意思，那就是"眼眶"。宋代诗人毛滂在《惜分飞》里写道"泪湿阑干花著露，愁到眉峰碧聚"，这里的"阑干"就是眼眶。

现在回到正题，一道栏杆，怎么就诗意、怎么就风雅了呢？这道题，先由李璟老师来作答。

| 1 |

裴多菲说"若为自由故，两者皆可抛"，他崇尚自由。李璟不是。他从出生就知道一个道理：他这辈子什么都可以拥有，就是无法获得自由。谁让他是五代十国时期南唐开国之君——李昪的长子呢！帝王是不可能拥有自由的。

但他无法割舍他的诗情画意。裴多菲为自由不惜放弃生命，而李璟为了诗情画意，差点儿搭上一个国。李璟和他的儿子李煜都不是合格的皇帝，但在诗歌的国度里，他们又都是绝对的王者。

> 菡萏香销翠叶残，西风愁起绿波间。还与韶光共憔悴，不堪看。
>
> 细雨梦回鸡塞远，小楼吹彻玉笙寒。多少泪珠何限恨，倚阑干。
>
> ——李璟《摊破浣溪沙》

词一开篇就从"味"和"色"两个方面告诉我们荷花零落了，一点也不留情面。然后，愁意便在秋风吹皱的绿波里荡漾开来。秋天里，一片肃杀袭来，美好的时光逝去，人也憔悴不堪。不过，零落的荷花也好，逝去的时光也罢，都是为了引出后面的愁情。什么愁？最愁莫过于相思。在细雨声中酣然入梦，见到了那个久违的人，可是一觉醒来，人却仍然在千里之外的边塞。只有小楼里声声呜咽的寒笙，如相思之愁一般挥之不去。无法到达的天涯，无法释怀的旧事，无法忘记的故人，多少怨恨化作一颗泪珠，多少无奈也只好空倚阑干。

这是李璟以女性口吻填的一首表达游子思妇怀人的词。词中既有"美人迟暮"，又有"望穿秋水"。清代文人黄苏说，结尾"倚阑干"三字，有说不尽的意味。

| 2 |

五代时期是一个谜一样的存在。北方十来年更替一个朝代，南方十国并存。虽乱到这个程度，但人们风雅不减、诗意不减。如果历史能重来，我相信五代时期的那些文人一定说什么也不去参与政治活动了，免得被后人诟病。李璟、李煜这样的帝王如此，冯延巳这样的臣子也如此。

也不能怪有人在他们身后指指点点，他们在处理江山社稷的问题时，确实让人大跌眼镜。比如冯延巳，他作为当过宰相的人，就有过这样一番言论。他说李昪损失了几千人的队伍就茶饭不思、夜不能寐，是典型的田舍翁的作为，实非帝王之举，不能成大事。而李璟就不一样了，数万人的队伍在外征战，他照样在宫中宴饮享乐，这才是真正的帝王气魄。

这逻辑，恕天下人不能苟同。但填词就不一样了。

> 风乍起，吹皱一池春水。闲引鸳鸯香径里，手挼红杏蕊。
>
> 斗鸭阑干独倚，碧玉搔头斜坠。终日望君君不至，举头闻鹊喜。
>
> ——冯延巳《谒金门》

比如同样是相思之苦，李璟写得那样凄婉，冯延巳却写出了一丝欢喜，欢喜之余，又有哀怨。春风吹来，一池静水也为它起了波澜。女主人公闲来无事，在花间引逗池中的鸳鸯，又随手摘下含苞待放的杏花放在手里揉碎。倚靠在斗鸭阑边，头上的玉簪斜垂下来。就在为望君君不至而发愁时，听到了头上喜鹊的叫声。

"皱"的不仅是春水，还有春心；看到鸳鸯成双成对而起妒意才会揉碎花蕊；尤其是倚靠阑干时出神，将闺中心思表现得惟妙惟肖。

| 3 |

这种风雅一直延续到接下来的北宋。尤其是柳永，他不仅风雅，而且疏狂。

何为疏狂？我觉得所谓"疏"，一是远，二是稀，三是散。放之柳永身上，大概就是情远、志稀、神散。至于狂嘛，无须多解释，放浪不羁。

柳永为他的疏狂付出了太多代价。从屡试不中，到触及皇帝底线，到无奈离开京城，再到颠沛流离、漂泊不定，但他还是不肯丢掉他的疏狂。

伫倚危楼风细细，望极春愁，黯黯生天际。草色烟光残照里，无言谁会凭阑意。

拟把疏狂图一醉，对酒当歌，强乐还无味。衣带渐宽终不悔，为伊消得人憔悴。

——柳永《蝶恋花》

危楼高天，斜阳细风，这本该无限美好的春天，在柳永的眼中也是无限哀愁。这哀愁像春风，像春草，像春水，一直蔓延到天际。此情此景下，有谁能真正理解他默默凭栏的心意呢？他想像从前那样借酒消愁，可对酒当歌时发现，勉强的快乐是那样索然无味。既然春愁挥之不去，不如就这样纠缠下去，到衣带渐宽，到形容憔悴。

柳永的阑干倚得那样孤独，但有人说孤独的人有一种特别迷人的气质。

| 4 |

不仅婉约派喜欢倚阑干，辛弃疾这种硬汉也喜欢，而且是沉醉其中，不能自拔。

辛弃疾是南宋词人，却出生在北方沦陷区。少年时，人们完全想不到他会成为一个文人，更多的人觉得这个年轻人将来定是一位将军。那时辛弃疾曾在山东组织义军抗金，所向披靡，战无不胜。

命运从他南归后改变了方向。南宋朝廷偏安一隅，对于像辛弃疾这样力主抗金的志士实施打压政策。所以，辛弃疾一来就被释放了军权，被安排在一个小小的文职上，从此与抗金无缘。

> 楚天千里清秋，水随天去秋无际。遥岑远目，献愁供恨，玉簪螺髻。落日楼头，断鸿声里，江南游子。把吴钩看了，栏杆拍遍，无人会、登临意。
>
> 休说鲈鱼堪脍，尽西风、季鹰归未？求田问舍，怕应羞见，刘郎才气。可惜流年，忧愁风雨，树犹如此！倩何人唤取，红巾翠袖，揾英雄泪！
>
> ——辛弃疾《水龙吟·登建康赏心亭》

楚天辽阔，千里清秋，长江水流向天际。遥望北方的崇山峻岭，一座挨着一座，仿佛是在传递国仇家恨。落日斜挂在楼头，鸿雁声声哀鸣，沦落在江南的游子啊，一遍又一遍摩挲着身上的宝刀，可怜它无用武之地。拍遍这楼上的九曲阑干，却没有人理解他登临远眺之意。

与婉约派的"倚"不同，辛弃疾是"拍"，忧愁中又多了愤怒。不过硬汉也有柔软的一面，当南宋朝廷把他的风怒耗尽时，他也以女性口吻，借"情知已被山遮断，频倚阑干不自由"来表达自己悲痛的心情。

要说阑干倚得最妙的，我认为当数李清照。之前有人突出"独"，有人突出"默"，都是在说自己，阑干的参与度不高。李清照不是，她是倚遍每一寸阑干，而且没有任何情绪。殊不知，她的情绪早已写在每一寸阑干上了。

> 寂寞深闺，柔肠一寸愁千缕。惜春春去，几点催花雨。
> 倚遍阑干，只是无情绪。人何处？连天芳树，望断归来路。
>
> ——李清照《点绛唇》

李清照的爱情既让人羡慕，又让人惋惜。羡慕的是，在封建社会，她竟然能找到与之情投意合又志同道合的丈夫，夫妻俩"赌书消得泼茶香"，实在太难得了。惋惜的是，婚后不久，两人便因为丈夫外出游宦做官而分居两地；后来金人侵略，两人更是天各一方；等好不容易重逢，丈夫又英年早逝。李清照，是与相思过了一辈子。

深闺中，寂寞有如这三四月里的春意，肆意蔓延开来。短短的一寸柔肠里，却要容下千万缕的愁绪。越是害怕失去的东西越会失去，比如春天。看，那细雨不正在催着花儿凋谢吗？阑干已被我倚遍，浓浓春意中，却没有半点情绪。你在何处啊？我望不到你的身影，只能看见连天的芳草长满了你归来的路。

如果倚阑干这个动作象征着相思、忧愁、无聊、寂寞，那么李清照的相思、忧愁、无聊、寂寞便到了顶点。

似乎偏爱阑干的都是五代及五代之后的宋人，唐人少了一些，这大概是因为唐域阔大，唐人更喜高山大漠。不过也不是没有，比如李白写杨贵妃的"沉香亭北倚阑干"，李商隐描写初恋的"碧城十二曲阑干"，以及杜牧被贬时诉说压抑心情的"明年谁此凭栏杆"。

不过对于阑干的喜爱还是宋人更胜一筹，就拿欧阳修来说，"栏干十二独凭春""阑干倚处，待得月华生""独倚阑干心绪乱""谁知闲凭阑干处"，没完没了的阑干。还有晏殊与晏几道父子，"斜阳却照阑干""曲阑干外天如水""阑干倚尽犹慵去"，也是阑干的忠实爱好者。

哪怕到了清朝以及民国，文艺人士对阑干的钟情也没有减弱。纳兰性德有"小阑干外寂无声"，王国维有"独倚阑干人窈窕"，连变法人士康有为也写过"人倚阑干，被酒刚微醉"。

由此看来，阑干是最诗意、最风雅的去处无疑了。不过有个大前提，阑干一般都会刷油漆，凭栏可以，要确定油漆是干的。

大学时，我有个闺蜜跟心仪的男生第一次约会，问我地点选在哪儿好。我想来想去，推荐她去我们学校唯一一处风景佳地——西南角那个连着一段回廊的凉亭。我想，朱阑碧水，长廊飞檐，再加上我闺蜜温婉的气质，约会必须妥妥的。

谁知道凉亭刚被刷了漆，我闺蜜一袭白裙出现在黄昏影里的阑干处，本以为回眸一笑百媚生，却成了回眸一笑千古恨。

所以啊，如果真有"独自莫凭栏"一说，那一定是油漆未干。

二

以诗画心

女孩恋爱必修诗

世界上有两种力，大无穷，无穷大。

一种是种子蕴含的生命力。夏衍先生说："为了要生长，它不管上面的石块怎么重，石块跟石块中间怎么窄，总要曲曲折折地、顽强不屈地挺出地面来。"

还有一种，就是少女怀春的爱情力。我想封建社会的伦理、制度，一定要比压在种子上那点泥土和石块重太多，然而，这些姑娘们还是顶住巨大的压力出来争取爱情了。

| 1 |

美貌与技艺，都不如智慧重要

在恋爱这件事上，你会弹琴，会下棋，或者会插花、泡茶什么的，固然可以增加砝码。可会弹琴、会下棋的人多了，比方说胡同口刘老头儿也会下棋，但是跟恋爱全无联系。所以，琴要弹到点上，棋要下到眼上。

> 鸣筝金粟柱，素手玉房前
> 欲得周郎顾，时时误拂弦。

——李端《鸣筝》

李端笔下的这位小女子，琴就弹得妙。前两句平常得很，在一个富丽堂皇的房子里，一位漂亮的姑娘的纤纤玉手正在撩拨琴弦，余音袅袅。妙的是后两句。有一个六字成语叫"曲有误，周郎顾"，说的是三国时期的周瑜，不但仗打得好，于音乐上，也颇有造诣。就算喝到断片了，若是身后的琴师弹错了一个音，他也要放下手中的酒杯，回过头去指点一番。小女子得此启发，故意弹错曲子，心中的"周郎"就不自觉地走到她身边来了。

如果你不会弹琴，你的"周郎"也不会听琴，也没关系，古代第一才女李清照就没弹琴，赵明诚照样拜倒在她的石榴裙下。她用了什么大法呢？

> 蹴罢秋千，起来慵整纤纤手。露浓花瘦，薄汗轻衣透。
> 见客入来，袜划金钗溜。和羞走。倚门回首，却把青梅嗅。

——李清照《点绛唇》

秋千停止了摇摆，站起身来，懒懒地揉揉纤纤玉手。瘦瘦的花枝上挂着晶莹的露珠，就好像她的身上香汗湿罗衫。这画面已然香艳得很了。她的心上人来了，她慌忙得连鞋子也顾不得穿好，赶紧溜走。跑到门口，倚门偷看。怕人发现，就装作嗅青梅的样子。也许你要问，心上人来了，怎么还溜走？别忘了，那可是封建社会，男女未婚是不能见面的。就算能见面，李清照还是要开溜的。为什么？这就是她的高明之处，欲拒还迎懂吗？犹抱琵琶半遮面懂吗？

这首词，通篇都在教你如何做个女神，别辜负了李清照的心意。

| 2 |

有人把天聊死，有人把天聊活

谈恋爱谈恋爱，不"谈"怎么恋爱啊！所以，当你成功地引起了心上人的注意，并且取得了好感，接下来就看聊天的本事了。

我有一女友，医生，工作好，人也漂亮，可人过三十了，还单着呢，原因就是她不会聊天。这家伙说她不想找同行，我们就给她介绍了不少各行各业的帅哥，可每次相亲时，聊着聊着她就给人家讲各种肿瘤、各种内脏器官，还讲手术细节，然后就没有然后了。

> 君家何处住？妾住在横塘。
> 停船暂借问，或恐是同乡。
>
> ——崔颢《长干曲四首·其一》

这姑娘就会聊天。在烟波浩渺的江涛之上，她看上了同船而行的帅哥，难得的百年修得同船渡啊！可她毕竟没有白娘子的本事，说变什么就变什么，那怎么办呢？就去找与帅哥的精神契合点。她找到了，契合点就是"或恐是同乡"。首先，她捏住了对方的软肋。

能漂泊在这波涛之上的，必定是游子。但凡是游子，没有不思乡的，所以一上来她就问对方家在何处，先撩拨起对方的心绪。接下来，她表明了自己的身份，横塘人士，如果口音没听错的话，我们是同乡吧？这个时候，是不是真正的同乡已不那么重要了，重要的是，她是他的温柔乡。

再说一个能说会道的。

  溱与洧，方涣涣兮。士与女，方秉蕑兮。女曰：观乎？士曰：既且。且往观乎？洧之外，洵讦且乐。维士与女，伊其相谑，赠之以勺药。

  溱与洧，浏其清矣。士与女，殷其盈矣。女曰：观乎？士曰：既且。且往观乎？洧之外，洵讦且乐。维士与女，伊其将谑，赠之以勺药。

——《诗经·郑风·溱洧》

这首诗呢，写的是三月上巳节时青年男女一起到溱水和洧水边游玩的情景。他们如何踏青、如何祈福，不去管它，我们就说这首诗里的姑娘。姑娘邀请帅哥跟她一起去，帅哥说我已经去过一次了，然后姑娘要发火吗？当然不。永远记住，没有男神喜欢悍妇。姑娘娇嗲嗲地说："那你再陪人家去一次又有何妨呢？"再后来，男神就主动送花了。因此，这首诗告诉我们，只要撒娇撒得好，男神帅哥跑不了。

好了，古诗只能帮你到这儿了，姑娘们，行动起来吧！

当你遇到喜欢的人，诗是最好的告白

　　我有个朋友，男的，是个苦哈哈的平面设计师，每天都要听客户喊"logo 要大！要大！要大"，于是他心里满满都是 logo，从没有过女孩，一晃就到了二十八岁。

　　二十八岁那年，他们公司来了个姑娘，文艺范儿，据说文案写得跟张爱玲的小说似的，一下子占据了他的心。我朋友跟那个姑娘表白了，姑娘没有当场拒绝，但也没答应，只是说考虑考虑。

　　朋友说，这个山头他一定要拿下。我说，你请我吃饭吧。我酒量一般，在喝一瓶啤酒的时间里，我逼着他背下了下面这些诗句。隔几天又吃了一顿饭，练习如何更自然。结局是，去年他们结婚了。

| 1 |

　　我住长江头，君住长江尾。日日思君不见君，共饮长

江水。

——李之仪《卜算子》

对于诗人李之仪来说，被贬太平州期间真的太难熬了。不仅仕途失意、一双儿女撒手人寰，没过多久，相守多年的妻子也离他而去，他的人生可谓跌到了谷底。这时，他遇到了一位色艺双绝的奇女子，叫杨姝。这女子一曲琴音拨动了李之仪心里最疼的地方，又从这伤口上开出一朵爱情的花来，李之仪以诗相赠，两人从此相爱。

如果你跟我那位朋友一样，他在办公室的东南角，而姑娘在办公室的西北角，两人只能在饮水机处偶尔相逢，那么可以把这句诗写在小字条上压到 TA 的杯子下面。咳咳，别忘了署名，否则可能便宜别人。

| 2 |

天长路远魂飞苦，梦魂不到关山难。长相思，摧心肝。

——李白《长相思》

众所周知，李白和屈原是一脉相承的，按照"香草美人"的说法，这里他思念的，未必是某个人，或许是贤君、明政，或许是一种理想。管他呢，在单身人士的眼里，这通通是表达爱的。天长路远，魂牵梦绕，一座座山、一道道关挡住了我的相思，肝肠寸断。

我朋友的主管有一回出差需个跟班，临时抓壮丁抓到了那个姑娘。姑娘给主管当小跟班，战战兢兢，不敢总鼓捣手机，跟我朋友也没怎么说话。苦挨了几天后，终于可以放松些了，聊天时我朋友就发了这句。

| 3 |

多情却被无情恼，今夜还如昨夜长。

——元好问《鹧鸪天》

元好问绝对是个写爱情的高手，那一句"问世间、情是何物，直教生死相许"，感动了一代又一代的人。而这一句，也十分高明。"多情却被无情恼"和"今夜还如昨夜长"分别借用了苏轼《蝶恋花》和贺铸《罗敷歌》中的句子，把痴情者心乱如麻，每夜都难以成眠的相思之苦表达得淋漓尽致。关键的还在下面：

金屋暖，玉炉香，春风都属富家郎。西园何恨相思树，辛苦梅花候海棠。

将别人的甜蜜与主人公的孤单做对比，让人不得不心疼。
那姑娘是个慢性子，沉稳得很，我朋友就一脸憔悴地说了这句。

| 4 |

天涯地角有穷时，只有相思无尽处。

——晏殊《玉楼春》

身为"太平宰相富贵词人"的晏殊，也不知哪来那么多愁绪。这一回，他又来相思了。历来作诗填词的最高境界便是把有形化为无形，把无形化为有形。比如李煜说"问君能有几多愁？恰似一江春水向东流"，愁是无形的，李煜把它化成有形的水，使愁的数量一目了然。相思也是无形的，晏殊也把它化成有形，我的相思，比天涯海角还远还长。在这之前还有一句，"一寸还成千万缕"，一寸"思"万缕"丝"，又有双关的巧妙。

| 5 |

直道相思了无益，未妨惆怅是清狂。

——李商隐《无题》

最令人动情的，莫过于情种写的情诗，李商隐的《无题》便是。无论是"身无彩凤双飞翼，心有灵犀一点通"，还是"春蚕到死丝方尽，蜡炬成灰泪始干"，哪一首哪一句，读来不让人心醉？

如果说元好问那句"辛苦梅花候海棠"只是有些诉苦的味道，那么李商隐的这句可就算得上"威胁"了。相思是没有益处的，可不是嘛，相思起来，茶饭不思，身体扛不住啊！可明明知道相思无益，却偏要相思，为爱痴狂，这份执着，谁听了不动心呢？

| 6 |

恨君不似江楼月，南北东西。南北东西，只有相随无别离。

——吕本中《采桑子》

这个吕本中，是宋代的一位道学家。一个求仙悟道的人，不说羽化登仙之事，却把相思写得淋漓尽致。

人总会分开，月亮却是永恒的。于是，李白思念老朋友，托月亮，"随风直到夜郎西"；苏轼思念弟弟，托月亮，"千里共婵娟"。也许吕本中是太思念了，已无须月亮转达，他只恨那个人为什么不是月亮，可以随着他南北东西，永无别离。

姑娘是个乖乖女，很少出去聚会，下了班就径直回家。有一回我朋友跟同事出去吃饭，热热闹闹，唯独没有那姑娘，回来的路上，便给姑娘发去了这首词。

| 7 |

衣带渐宽终不悔，为伊消得人憔悴。

——柳永《蝶恋花》

要说情场高手，还得是柳永。柳永的一生很是惨淡，没当上一天官不说，就连妻子儿女，史书上说得也是模模糊糊的，没有确实的记录。他死的时候，险些曝尸荒野。亮点来了，险些曝尸荒野，又为何没有曝尸荒野？因为一段"群妓合金葬柳七"的佳话。这些歌伎舞姬本是多情却不专情之人，为何对柳永情有独钟？还不是因为柳永的词让人动情。

瘦骨伶仃不直接说出来，偏说衣带渐宽，一个"渐"字说得人心旌摇曳，一点一点憔悴下来，仿佛相思是一堆火，心被渐渐烤干。可贵又贵在那"不悔"二字，那份执着，让人心疼。

| 8 |

天不老，情难绝。心似双丝网，中有千千结。

——张先《千秋岁》

张先也是个情场老手。据说，他八十岁的时候还凭借才华把十八岁的俏佳人揽入怀中。就这手段，是不是得学着点？我之前说了，诗词的最高境界就是把无形化为有形，心本来就是有形的，可心到底是什么样的，还真能掏出来看看？没关系，张先写给你看。我的心就像那双丝结成的网，中间有千千万万个结，而每一个结都想把你拴牢。

当你的爱情遭遇阻碍和摧残，就大胆地说出这句吧。

| 9 |

陌上花开，可缓缓归矣。

——吴越钱王

据说，写这句话的吴越钱王是个目不知书且长相奇丑的马上皇帝，但就是因为爱老婆，便留下了这诗一般的情话。当年他老婆嫁给他时他还是个贩盐的小商贩，后来应征入伍，一步一步，竟打下一个国来。他深感老婆多年来背井离乡与他南征北战甚是不易，便答应老婆每年春天都让她回趟娘家看望亲人，侍奉父母。那一年，老婆又回娘家数日了，他出门看见远处的山上春花烂漫，便更加思念。提起笔来，给老婆写了这封信，只寥寥九字，却说尽相思。无一字用情，又无一字不含情。

姑娘出差那回，回来前的头一天晚上，我朋友给她发了这句，回来后两个人就相恋了。

爱情这东西呢，有时并不遥远，你与它也许只有一句诗的距离。

爱有多销魂，就有多伤人 ▎

郭沫若说："日本的春天，樱花正是浓开的时候，最是使人销魂，而我又独在这时候遇着了她。"销魂是那样美好。

江淹说："黯然销魂者，唯别而已矣。"销魂又是那样让人肝肠寸断。

销魂到底是什么？

| 1 |

我相信中国秋天的菊花并不逊色于日本春天的樱花。

公元 1101 年，十八岁的李清照与二十一岁的赵明诚结婚了。在漫长的封建社会里，如他们二人这样珠联璧合的婚姻并不多。那一年，赵明诚还是一届太学生，大抵是家风素简，所以他的身上并无太多银两。每每下学归家与妻子团聚，赵明诚都要先典当一些物品，换取银两，然后买回他们喜欢的碑文和果实。夫妇二人一边触摸着碑文的古老，一边品尝着果实的新鲜，渴望他们的爱情也能历久且弥新。文人都很难拥有甜美的爱情，自赵明诚为官之日起，两个人便开始了聚少离多的生活。

> 薄雾浓云愁永昼，瑞脑消金兽。佳节又重阳，玉枕纱厨，半夜凉初透。
> 东篱把酒黄昏后，有暗香盈袖。莫道不消魂，帘卷西风，人比黄花瘦。
>
> ——李清照《醉花阴》

瑟瑟的秋风卷起珠帘，也卷起了李清照的思念，让她寒意顿生。望望东篱下的菊花，虽纤细，虽瘦弱，却能傲立寒秋。而她只能在这秋风织就的哀愁里苦熬，越熬越瘦。

东篱与暗香让陶渊明销魂，却让李清照销魂。

| 2 |

一代风流才子唐伯虎在爱情中，也是多磨多难的。

唐伯虎的第一任妻子是苏州名门之女徐氏，还为他生下一个女儿。只可惜在唐伯虎二十四岁那一年，家中发生了大变故：父母相继病逝，妻子也随后病亡，就连他唯一的女儿也没有逃脱夭折的厄运。唐伯虎肝肠寸断，在好友祝枝山的安慰下，从此发奋读书，终于在二十九岁时考取了乡试解元，并娶了第二任妻子何氏。

何氏出身官宦之家，自然也盼望夫婿可以大有作为。谁知第二年唐伯虎赴京赶考时，却被牵连进一桩"科场舞弊案"，不但没有高中，反而沦为阶下囚。等他洗脱冤屈出狱时，妻子何氏早已嫁为他人妇。万般伤心的唐伯虎想到一位女子，那就是才貌兼具的沈九娘。沈九娘是一位风尘女子，曾在他赴京前为他饯行，令他倾心。可是此时，他已家道沦落，又将四处漂泊，对于沈九娘，只有空思念。

> 雨打梨花深闭门，忘了青春，误了青春。赏心乐事共谁论？花下销魂，月下销魂。
>
> 愁聚眉峰尽日颦，千点啼痕，万点啼痕。晓看天色暮看云，行也思君，坐也思君。
>
> ——唐寅《一剪梅》

在一次次雨打梨花中，青春消耗殆尽。往昔的赏心乐事也如明媚春花、玲珑秋月，想起来，陡增伤怀。回不去的过去，看不见的未来，连心上的人也不知在何处，空余思念。

春花与秋月让人销魂，却让唐伯虎销魂。

| 3 |

不知道为什么，命运一定要折磨这些才子。公元 1674 年，纳兰性德娶了两广总督之女卢氏为妻。

从两人的家世来看，这是一桩门当户对的婚姻。从两人的性情来看，一个饱读诗书，狭义襟怀；一个"生而婉娈，性本端庄"，可谓珠联璧合。二人成婚后，夫妻感情甚笃，美满的婚姻激发了纳兰性德的创作热情，佳作不断。

可好景不长，仅仅过了三年，卢氏便难产而亡，纳兰性德陷入极大的痛苦中，从此"悼亡之吟不少，知己之恨尤深"。

曲阑深处重相见，匀泪偎人颤。凄凉别后两应同，最是不胜清怨月明中。

半生已分孤眠过，山枕檀痕涴。忆来何事最销魂，第一折枝花样画罗裙。

——纳兰性德《虞美人》

半生已过，至今忆起何事时最为断肠？还是那一年，我们俩一起泼墨画罗裙。当年的销魂，如今却销魂。

爱总是销魂的。当它来时，是销魂；当它走时，也是销魂。

用这样的诗夸女人

还记得《甄嬛传》中甄嬛和果郡王是怎么一见倾心的吗？

娘娘和老十七第一次见面，是在温宜公主周岁生日那天。当时娘娘厌倦了宴席上虚伪的堆笑，和流朱两个人出去透风，在小池旁脱下鞋袜戏水。老十七正巧路过，看见娘娘白花花的脚丫子又嫩又细，风流性大发，对着娘娘的玉足说："李后主说'缥色玉柔擎'，要我说，'缥色玉纤纤'更妙。"两人就一见钟情了。

与果郡王相反的是我办公室的刘姐和赵姐。两位姐姐都属于风韵犹存的美人，经常互夸，但她们俩的互夸总让人觉得单调。单调在哪儿？我发现她们俩永远在用一个字的形容词。比如你的眼睛真"大"，你的嘴真"小"，你的头发真"黑"，你的皮肤真"白"，好像在进行反义词大比拼。

由此可见，如果能在夸人的时候适时地用上两句诗，无论是说者还是听者，都会有更好的收获。

| 1 |
夸头发

入门级：

小山重叠金明灭，鬓云欲度香腮雪。

——温庭筠《菩萨蛮》

这一句之所以是入门级，主要因为它说的不仅是头发，"小山"是眉毛，"香腮"是脸蛋，应用时要注意。而且它流传广泛，基本达不到震惊四座的效果。

进阶级：

花边雾鬓风鬟满，酒畔云衣月扇香。

——范成大《新作景亭程咏之提刑赋诗次其韵》

"雾鬓风鬟"后来成为成语，用来形容女子发髻蓬松，也用来形容美到无以复加的秀发。不过这句话也有局限性，最好是在宴席上用，因为酒畔是酒桌旁的意思。

高手级：

西施晓梦绡帐寒，香鬟堕髻半沉檀。

——李贺《美人梳头歌》

一目了然，你把面前这位夸成了西施，对方听了肯定高兴。一个像西施一样的美女在拂晓时分躺在纱帐中，散发着香味的秀发覆盖着半个沉檀枕。举个带场景的例子：早上刷朋友圈时看见哪位美女发了一张赖床照，你就评论这句，很有效果哦！

| 2 |
夸眼睛

入门级：

> 巧笑倩兮，美目盼兮。
>
> ——《诗经·卫风·硕人》

八个字，把女人眼含情目、含笑的动人娇态写到了极致，内容一点都不菜。只是它用得比较多，不震撼。

进阶级：

> 瞬美目以流眄，含言笑而不分。
>
> ——陶渊明《闲情赋》

漂亮的眼睛目光流转，脸上挂着似笑非笑的神情。蒙娜丽莎的美就在于她神秘的微笑，但蒙娜丽莎毕竟是画，她的眼神深远，目光却不能转动，"瞬美目以流眄"则是活生生的蒙娜丽莎。

高手级：

> 一寸秋波。千斛明珠觉未多。

我们常用明珠比喻眼睛，晏几道却说千斛明珠都抵不过你的眼睛。哪个女子听了不陶醉呢？

| 3 |
夸嘴

入门级：

> 樱桃樊素口。

——孟启

> 丹唇外朗，皓齿内鲜。

——曹植《洛神赋》

先说第一句，这是在唐人孟启《本事诗》里挖到的。诗的题目为何，不知道，也许只是随口一说，并未成诗。好的比喻犹如美食，读来顿觉口舌生香。把女子的嘴比作樱桃，又小又红艳，真是绝了。今天夸人家说"樱桃小口"，就是从这里来的。

而曹植的句子又进了一步，不但有红唇，还有皓齿。

两句诗都比较常见。

进阶级：

> 朱唇一点桃花殷。

冰齿映轻唇，蕊红新放。

——张先《庆春泽》

岑参是个写边塞诗的糙汉子，所以这句诗妙就妙在它出自一个糙汉子之口，读来却是那样细腻而温柔。至于张老先生，还需多说吗？他八十岁的时候还能娶十八岁的小娇娘，夸女人，他若第二，没人敢称第一。唇齿相映，就像刚刚绽开的花朵，真是美极。

高手级：

朱唇未动，先觉口脂香。

——韦庄《江城子》

丹唇间玉齿，妙响入云涯。

——卢照邻《和王奭秋夜有所思》

我之所以把它们放在高手级，是因为它们已经超越了视觉体验，引发了其他感官的参与。

"口脂"即口红。就是说一看到她的嘴，似乎就嗅到了口脂的香甜气味。而第二句"妙响入云涯"，感受到了吗？还有清丽婉转的歌声回旋天际。

美有时候不仅仅要看，还要嗅，还要听，是不是很妙呢？

4

夸脸蛋

入门级：

> 桃之夭夭，灼灼其华。
>
> ——《诗经·国风·周南》

多好的诗句。无一字在说脸蛋，却又无一字不在说脸蛋。大概女人终其一生的梦想就是面如桃花了。放在入门级，可惜了。

进阶级：

> 苞温润之玉颜。
>
> ——宋玉《神女赋》

桃花美在它的颜色，而玉不仅有动人的色泽，更有温润的触感。好看的脸庞也是一样，白里透红，又温润如玉。

高手级：

> 著粉则太白，施朱则太赤。
>
> ——宋玉《登徒子好色赋》

同样是宋玉，为什么这一句就成了高手级？是这样的，像桃花也好，像美玉也好，都不如什么也不像，她本身就是最美的样子。而且美得刚刚好，擦粉则白得过分；擦胭脂，则又红得不像话。这是多么绝妙的脸蛋呢?

| 5 |
夸腰

入门级:

嬛嬛一袅楚宫腰。

——蔡伸《一剪梅》

杨柳小蛮腰。

——孟启

一句一句说。

"嬛嬛一袅楚宫腰"这一句,如果放在几年前,估计我至少会将它放到进阶级里。但是自从娘娘在殿前说了这一句,然后就入了四郎的法眼,它就变得稀松平常了。

在"夸嘴"里我推荐过"樱桃樊素口",这句"杨柳小蛮腰"就是它的下一句。

进阶级:

抱月飘烟一尺腰,麝脐龙髓怜娇娆。

——温庭筠《张静婉采莲曲》

酥娘一搦腰肢袅。回雪萦尘皆尽妙。

什么抱月、飘烟，都是形容词，并不重要，能看懂后面的一尺腰就够了。麝脐和龙髓都是香料，意思就是这女子不但腰肢纤细，而且浑身散发着香味。

"搦"是握的意思，就是说美女的细腰只堪盈盈一握。回雪和萦尘都是舞蹈的名字，玲珑的身材轻歌曼舞，简直妙极。

高手级：

> 解舞腰肢娇又软，千般袅娜，万般旖旎，似垂柳在晚
> 风前。

——王实甫《西厢记》

这一句，既不出自唐诗，也不出自宋词，而是《西厢记》中张生赞美崔莺莺的言辞。我认为词句依然妙在后面的比喻，不是霸王硬上弓的那种生硬比喻，而是若晚风中荡漾的垂柳，那种袅娜，那种细软，那种摇曳风姿，一览无余。

| 6 |
夸脚

入门级：

> 凌波微步，罗袜生尘。

——曹植《洛神赋》

好多人最初知道这句话是因《天龙八部》，段誉使一招"凌波微步"，但它其实是在夸美女脚步轻盈。

进阶级：

> 涂香莫惜莲承步，长愁罗袜凌波去。
>
> ——苏轼《菩萨蛮·咏足》

如果觉得曹植的这句美则美矣，却有些不够新颖的话，还可以用苏轼这句。苏轼这句诗承曹植的《洛神赋》而来，又翻出些许新意，是有些趣味的。

高手级：

> 几折湘裙烟缕细，一钩罗袜素蟾弯。
>
> ——晏几道《浣溪沙》

> 钿尺裁量减四分，纤纤玉笋裹轻云。
>
> ——杜牧《咏袜》

我很喜欢晏几道的词。罗袜，又是罗袜，罗袜就是用丝罗织成的袜子。当然，这不重要，重要的是后面的素蟾，是月亮的意思。把玉足比喻成一弯新月，不错。

到了杜牧这儿，美人的脚又从新月变成了玉笋。玉笋什么样，白净？细嫩？反正很妙。我主要想说说前面的钿尺减四分。古人观足，以小为美。想想也是，娇小玲珑、亭亭玉立一少女，穿一双四十六码的大鞋，确实不好看。古代一尺差不多是二十三厘米，再减去四分，大概就是十四厘米，是够小巧的。当然，缠足是糟粕！

| 7 |
夸手

入门级：

> 垆边人似月，皓腕凝霜雪。
>
> ——韦庄《菩萨蛮》

说到晚唐开始流行的花间词派，就不得不提韦庄，他与温庭筠是花间词派的代表人物。温庭筠的代表作就是一开始提及的"小山重叠金明灭"那首，韦庄的代表作就是这一首了。人也皎洁，手也白，美极。

进阶级：

> 玉指纤纤嫩剥葱。
>
> ——欧阳修《减字木兰花》

我真的好佩服欧阳大人，就那么七个字，细、长、嫩、白，还有年轻，都呈现在眼前了。想一想，葱是何等俗物，但在这里，又是那样脱俗。

高手级：

攘袖见素手，皓腕约金环。

——曹植《美女篇》

　　一提到曹植，就是"相煎何太急"，或者"视死忽如归"，不过现在看来，曹植写美女也是有一套的。挽起袖子，露出纤纤玉手，如雪的手腕上坠着一环金镯。画面感就是那么强！而且，我为什么把它放在高手级里呢？不是有很多人喜欢晒首饰嘛，到时候用这句夸刚刚好。

　　也许事情都会有遗憾吧，维纳斯少了一条胳膊，古人鲜有写腿的诗。细想来也是，在漫长的古代社会里，女人都着长裙，两条腿被挡在了封建的罗裙里。

以夫妻之名爱一生

| 1 |

小时候，我们一家住在我爸单位分的房子里，没有庭院。大一下学期，我们搬回了奶奶的老房子，院子很宽敞。院子一大，我爸妈就都打起了主意。我妈给我打电话，说她要在四周的墙根下种两行玉米，既能吃，又多了一道屏障。院子中呢，要种茄子、辣椒、黄瓜、豆角、西红柿。我妈脑筋快，连一夏天能省多少钱都算好了。

脑筋快不如行动快。就在她盘算的时候，我爸已经把花种、花根、花苗通通买了回来。那年暑假我回家时，我们家院子美得如童话世界。可我妈一点也不开心，因为花只能看，不能吃。

之后的每一年，我们家都是鲜花满园，直到五年前。春节的时候，我们一家人看着窗外被白雪覆盖的院落，我爸又开始计划天暖了种些什么花，我妈虽然知道说了也白说，可还是说了句"种什么也不如种菜"。那年我爸并没有种花，因为春节后不久他就离开了我们，去另外一个世界种花了。

料理完我爸的后事，我返回自己家。三月份时我回去，院子里静悄悄的，我想，以后它都会这样安静了吧，因为我妈不会种花，大抵，也不会种菜了。我四月份回去时，竟发现土又被一行一行地松开了，而且有小小的绿苗在垄行间招摇。我开心得很呀，一是开心我妈可以面对生活了，二是开心她终于实现了多年以来种菜的愿望。等五月份回家时，我彻底傻眼了，我们家的院子又变得一如往年，像个童话世界。但我什么都不敢说，只是说好看。

就这样又过了两年，动迁的通知下来了。我妈拿着通知书说她过够了住平房的日子，杂七杂八的活计太多，还说除了那套实木沙发，老房子里的东西都不留了，住崭新的楼房去。可是搬家的前几天我回去，发现她把院子里的每种花都挪了一簇到花盆里，还弱弱地央求我说那套沙发也不带了，屋子里就有地方放这些花盆了。

如今，我妈家的小区规划得非常漂亮，花坛里永远都是姹紫嫣红的。我妈每每路过时都会说，这要是种上菜，够半个小区的人吃了。可一进家门，她就把刚买的菜扔到一旁，给她的花浇水去了。

| 2 |

李白是个血里有风的人，他这一生从未停止过漂泊。仅公元730年到公元732年这三年间，李白便在长安、开封、商丘、洛阳等地留下了足迹。而李白的妻子许氏一直生活在湖北安陆。

李白这三年很忙，忙着到长安拜谒名门，以求援引；忙着被拒后留恋市井繁华，借酒消愁；忙着追随唐玄宗的脚步到洛阳，伺机而动；忙着报国无门时结交隐士，渴望归隐。人们以为李白会忙得忘了家中的妻子，但他没有，在这期间，他一共给妻子写了十一首诗。首首是想念，句句是相思。

三鸟别王母，衔书来见过。
肠断若剪弦，其如愁思何。

王母的青鸟为他送来了妻子的信，看罢柔肠寸断，像剪断的琴弦，思念没有半点减轻……

本作一行书，殷勤道相忆。
一行复一行，满纸情何极。

本来只想写下一行字，告诉你我的思念，却不想写了一行又一行，我的思念还是写不完……

春风复无情，吹我梦魂断。
不见眼中人，天长音信短。

春风也那样无情，又将我与你团聚的梦给吹散了。眼前的你忽然不见，只怪天地太长，音讯太短。

流波向海去，欲见终无因。
遥将一点泪，远寄如花人。

流水涌向了大海的怀抱，我却还见不到你，只能将我的相思的眼泪，寄给远方如花一样的你。

我是最喜欢第十一首的。也许是因为这时的李白已离开家太久了，思念化作了妻子动人的模样，化作了与妻子的生活日常。每一句读来，都是爱情的味道：

> 爱君芙蓉婵娟之艳色，色可餐兮难再得。
> 怜君冰玉清迥之明心，情不极兮意已深。
> 朝共琅玕之绮食，夜同鸳鸯之锦衾。
> 恩情婉娈忽为别，使人莫错乱愁心。
> 乱愁心，涕如雪。
> 寒灯厌梦魂欲绝，觉来相思生白发。
> 盈盈汉水若可越，可惜凌波步罗袜。
> 美人美人兮归去来，莫作朝云暮雨兮飞阳台。

爱你如芙蓉般美丽的脸庞，秀色可餐却难再得；爱你如冰玉般纯洁的心灵，情意无穷无尽。日出，与你共进仙树上的玉果；日落，与你共眠鸳鸯锦被。如此恩爱又忽然离别，让人愁心烦乱，泣涕如雨。美人……美人……

当一个丈夫称他的妻子为"美人"，可以说已经浪漫到了极点。

3

李白如此浪漫不足为奇，他本是浪漫主义。若忧国忧民的杜甫忽有一天也浪漫起来，别惊慌，那一定是爱情的力量。

那一年的中秋时节，长安城里没有半点节日的气氛，反而硝烟弥漫，萧条不堪。杜甫一个人住在破旧潮湿的简易房里，不能出去，也懒得出去。窗外，要么是探头探脑的特务，要么是三五成行的叛军士兵。杜甫看着偶尔经过的流离失所的百姓，长嘘了一声，感叹生活暗无天日，这才发现，天好像真的黑了。是啊，天黑了，杜甫不得不整理整理桌上的稿件，没有烛火，什么都写不成。这几天，他正在起草两篇诗文，一篇叫《为华州郭使君进灭残寇形势图状》，另一篇叫《乾元元年华州试进士策问五首》，都是为剿灭叛军安抚受难百姓建言献策的文章。

光线越来越暗，桌上那凌乱的草稿都有点分辨不清了。索性，杜甫将书桌往旁边一推，和衣倒在了冰凉的土炕上。也许闭上眼睛，烦心事也就随之忘了。不知躺了多久，忽然觉得屋子里好像有了些许的光亮，睁眼一看，有一束银白色的光从狭小的窗口泄进来，于是他就作了那首《月夜》：

> 今夜鄜州月，闺中只独看。
> 遥怜小儿女，未解忆长安。
> 香雾云鬟湿，清辉玉臂寒。
> 何时倚虚幌，双照泪痕干？

今天是中秋佳节，想来鄜州的月色也一定很美，可惜我并不在你身边，只留你一人在家中望月。儿女们都还年幼，不懂得安慰你的思念之痛，长安城中的我又何尝不想你呢？我想此刻月下的你，发鬟或许已经被秋雾打湿，香气从发丝间弥散开来，光洁的手臂在月光的照耀下一定显得更加白皙，我们何时才能团圆呢？那时我们倚靠着帷幔，让月光把我们的泪痕擦干。

在诗中，杜甫把他的妻子写得那样美。杜甫的妻子美吗？没人见过。但已知的是那时处于战乱，杜甫一家人一直过着贫瘠的生活，且他的妻子又是几个孩子的母亲，我想，客观地说，他的妻子应该谈不上花容月貌。但在杜甫的眼中，妻子是最美的，这不是爱情又是什么呢？

| 4 |

婚姻和赌局是一样的，都需要你在不了解真实状态的情况下做出一个决定。古人的婚姻更是如此。还好，这一局苏轼赢了。

新婚之时，苏轼还算不得文豪，不过但凡文豪都会因几岁能诗、几岁能文而名扬一方，所以在王弗心中，苏轼已然奇伟得不行了。王弗过门时，声称自己不通诗书，可每当苏轼读书时，王弗总是在丈夫身旁不肯离去。苏轼背书有遗忘或错漏的时候，王弗便在一旁提醒，但当苏轼要与她探讨时，她又说自己并不精通，刚才那句赶巧是会的。所有苏轼不会的都是她会的，哪有那么赶巧？不过是成全丈夫的颜面罢了。

公元 1061 年，苏轼出任凤翔府判官，这叫作京察，大概就是基层锻炼的意思。苏轼是个粗枝大叶并且心思单纯的人，一直活在诗中的他，并不知道这世上还有所谓的人心险恶。相较之下，王弗则显得比她这位诗人丈夫更食人间烟火。在凤翔期间，王弗曾送给苏轼三句话，让苏轼如获至宝。王弗当时是如何说的，我当然无从知晓，但大致应该是：天下有贼；言多必失；君子之交淡如水。

这样一个女子，怎能让苏轼不爱？他爱王弗，并且畅想着与她白发齐眉。然而，命运喜欢用拿走你挚爱的方式来获得快感。就在苏轼完成了朝廷的考察调回京城的那一年，王弗永远地离开了他。那一年，苏轼三十岁，王弗仅仅二十七岁。

公元 1075 年，苏轼正在山东密州经历"蝗旱相仍，盗贼渐炽"的劫难，而这一年，他的妻子王弗去世整整十年了。

> 十年生死两茫茫。不思量，自难忘。千里孤坟，无处话凄凉。纵使相逢应不识，尘满面，鬓如霜。
>
> 夜来幽梦忽还乡，小轩窗，正梳妆。相顾无言，惟有泪千行。料得年年肠断处：明月夜，短松冈。
>
> ——苏轼《江城子·乙卯正月二十日夜记梦》

十年了，你在阴间，我在阳世；你长眠于家乡的山冈，我四处漂泊；你在我的梦境中对镜梳妆，我在尘世的消磨里两鬓如霜。

字里行间，道不尽对亡妻的思念，纵然再坚硬的心，读来也会变得柔软。

| 5 |

李白、杜甫、苏轼，他们的爱情都有各自的不幸，有人生离，有人死别。但我始终觉得陆游的爱情更加不幸，他与妻子是被活活拆散的。

跟苏轼一样，陆游在爱情上是交了好运的。他的妻子唐琬是一个出身名门、相貌秀丽、颇通诗书的女子。两人浓情蜜意，时常在一起品诗论文。但陆游在学业上遇到了麻烦，满腹诗书的他连续考了几年都没有中第。陆游的母亲并不知道这是因为秦桧从中作梗——为自己的孙子扫清障碍，除了陆游的名，反而简单粗暴地把陆游落榜的原因归结为妻子不贤。就这样，结婚三年后，在母亲的高压政策下，唐琬被逐出陆家。

可两个人爱得是那样深，这段婚姻就是他们的珍宝，他们怎么舍得让它烟消云散呢？陆游拼尽全力在离家稍远的地方置了一处房产，让唐琬居住于此，他可以不时地来这里与唐琬相见。陷于爱情中的女人都是侦探，致力于插手儿女婚事的母亲也是。不久，这一处世外桃源也被陆母发现，这段爱情还是走到了尽头。之后，陆家又为陆游另娶了王氏，唐琬也改嫁给文人赵士诚。

离婚并没有帮助陆游高中，又一次落榜后闲居在家的陆游到城南禹迹寺附近的沈园疏解胸中的苦闷，偏巧遇到了偕夫同游的唐琬。两双充满遗憾与不甘的眼睛对视，曾经的爱与怨就像这沈园中的春草一样，杂乱丛生。据说那一次偶遇，唐琬和赵士诚表现得淡然而大方，还以酒肴招待了陆游。可能越是烟火气的东西越能勾起人对平常往事的追忆，吃过这顿饭，陆游再也按捺不住内心的伤怀，在沈园的墙壁上填下了这首词：

红酥手，黄縢酒。满城春色宫墙柳。东风恶，欢情薄。一怀愁绪，几年离索。错，错，错。

春如旧，人空瘦。泪痕红浥鲛绡透。桃花落，闲池阁。山盟虽在，锦书难托。莫，莫，莫！

——陆游《钗头凤》

我从未见过诗人厌恶春天，可就是因为陆游与唐琬分手在春天又重逢在春天，春天在陆游眼里便变得面目可憎了。也许所有的相遇和重逢都是错、错、错。人更憔悴，春花稀薄，当年的山盟海誓还在，那封写满情话的信却再无寄托。

一切终归罢了。

| 6 |

我原本以为爸妈的婚姻里只有日子，没有爱情。种花的事情之后我才知道：原来，从不说"我爱你"的夫妻间也是有爱情的，而且这种爱情可以从这个世界延续到那个世界。

诗中朋友诗外情

刚上班不久的时候，因为工作往来认识了一个朋友。真的是相识恨晚那种，我们俩从兴趣爱好、饮食口味到人生观、价值观，都极其相似，就连喜欢的明星都是同一个。很快，我们就确立了闺蜜关系。

有一次我们俩约逛街吃饭，她足足等了半个小时我才出现。见了面，说明了原因，她没生气，我也没惭愧，反倒一起哈哈大笑。

原来，通过那段时间的接触，我们对彼此已经有了一定的了解。我呢，是个十足的急脾气，有一次开会，我是全场近百人中第一个到场的。而她属于很细致的那种，性子慢些，那次开会，领导都开始讲话了她才姗姗来迟。她不想让我等，于是加快速度出门；我不想她太赶，故意拖了十几分钟，于是就有了她等我半个小时的结局。

所以，朋友呢，知心最重要。

| 1 |

两人对酌山花开，一杯一杯复一杯。

我醉欲眠卿且去，明朝有意抱琴来。

——李白《山中与幽人对酌》

这是李白的朋友，但要从陶渊明的故事开始讲起。

《宋书·陶渊明传》里是这样记载陶渊明的，说陶渊明并不懂音乐，却珍藏着一把没有弦的古琴，每每喝酒的时候，总要将这把无弦琴摆放在旁边，抚摸弄之，用来寄托心意。对于来访之客，无论贫富，只要家里有酒，陶渊明一定会设宴款待。若他先喝醉了，就会不客气地对客人说："我醉了，要去睡觉，你先走吧。"

无独有偶，李白也喜欢以这样的方式来结束与朋友的酒局。

跟陶渊明是一样的，关于李白饮酒的具体时间、具体对象，今人皆无从知晓。只知道在某年某月的某一天，李白在山中与一位世外高人畅饮。世人常把诗的第一句解释为：在烂漫的花丛之中，两人对饮。但我并不这样认为。"两人对酌山花开"，"酌"在先，"开"在后，这分明是在说：在两人开怀畅饮之时，山花竞相开放。花儿为何而开？我猜，一是为一杯复一杯的豪情所感，二是为真挚而率真的友情所动。友情在哪里？当然不仅仅在一杯复一杯的酒里，更在随性的"我醉欲眠卿且去"中。

试想一下，如果我们邀请朋友喝酒，会对朋友下逐客令吗？如果我们被朋友邀请，正喝到兴头上，朋友突然对我们下逐客令，那么跟这个朋友，还会有以后吗？友谊的小船怕是会就此翻了吧！而陶渊明和李白不然，他们都会对朋友下逐客令，他们的朋友也非凡人，都对此不愠不恼。不然，怎么会"有意抱琴来"呢？

这样的友谊，太让人羡慕，不拘小节，随性自然，可谓真正的神交。

| 2 |

> 东武望余杭。云海天涯两杳茫。何日功成名遂了，还乡。醉笑陪公三万场。
>
> 不用诉离殇。痛饮从来别有肠。今夜送归灯火冷，河塘。堕泪羊公却姓杨。
>
> ——苏轼《南乡子·和杨元素时移密州》

诉说离愁别绪的诗跟春天的花一样多。苏轼这一首纵然娇艳，也不过是万紫千红中的一朵。所以真正打动我的，不是他对朋友"云海天涯两杳茫"的不舍，也不是"堕泪羊公却姓杨"的敬重，而是他答应朋友终有一天他会回来，与他"醉笑三万场"。

在这个世界上，很少有人可以真正做到随心所欲，大多数人是身不由己的，所以会有"天下大势，分久必合，合久必分"的规律。"分久必合，合久必分"并不令人害怕，怕的是只有合久的分，却没有分久的合。多少曾经浓烈如酒的感情一旦拉开了空间或时间上的距离，就淡薄得如食堂里的汤水一般。

许多年前，我爸爸在工作中有一个很好的合作伙伴。后来，那个叔叔因为一些原因要去外地发展。我爸爸非常舍不得他，但同时也知道去外地发展对那个叔叔来说是更好的选择，于是忍痛为他饯行。席间，那个叔叔对我爸说"还乡。醉笑陪公三万场"，那是我第一次听到这首诗。若干年后，那个叔叔算是衣锦还乡了吧，他没有忘记他说过的话，给了我爸很多帮助。

真正的友谊，不是离别时的眼泪，而是还有重逢，以及重逢后的笑陪。

| 3 |

> 为我引杯添酒饮，与君把箸击盘歌。
> 诗称国手徒为尔，命压人头不奈何。
> 举眼风光长寂寞，满朝官职独蹉跎。
> 亦知合被才名折，二十三年折太多。
> ——白居易《醉赠刘二十八使君》

这首诗是白居易写给刘禹锡的。如果按照刘禹锡回赠的《酬乐天扬州初逢席上见赠》的说法，那么这应该是白居易和刘禹锡第一次见面。当然，在写这首诗的二十多年前，两人也曾有过同在长安工作的经历，但那时候，白居易跟元稹交好，刘禹锡的老铁则是柳宗元，两人又在不同的部门，所以并无交情。再之后不久，刘禹锡就被贬到"巴山楚水"的凄凉之地。如此看来，他们俩连熟人都算不上。

那么友谊何来？友谊有时候跟时间的关系并不大，跟三观不符的人终日在一起，也成不了朋友；而俞伯牙和钟子期，只一首曲子的光景，就成了知音。

当"永贞革新"宣布失败，跟刘禹锡要好的几个人死的死、贬的贬，刘禹锡就预见到在这官场上再也没有他的朋友了，直到他遇到白居易。在这首诗里，除了第一句算是客套话，没什么实际意义，之后的每一句里，都有说到刘禹锡心坎里的词。"诗称国手"是肯定刘禹锡的才华；"命压人头"是哀叹刘禹锡的际遇；"长寂寞"和"独蹉跎"是说虽然这些年我们没有生活在一起，但我知道你经历了什么；"才名折"和"折太多"是说就算天下人都不懂你，我也懂你。

有时候，"我爱你"不如"我懂你"。爱情如此，友情也如此。

| 4 |

毕竟西湖六月中，风光不与四时同。

接天莲叶无穷碧，映日荷花别样红。

——杨万里《晓出净慈寺送林子方》

苦口婆心如杨万里。写这首诗的时候，杨万里已经在时局动荡的南宋朝廷工作了几十载。论职场经验，是大神级别的。他的朋友林子方，就显得稚嫩且气盛许多。

林子方当时的官职是直阁秘书，负责给皇帝抄抄写写。他对自己的工作怎么说呢，多多少少是有些不太满意的。他觉得抄抄写写的工作，识文断字者皆可做，就算是兢兢业业干一辈子，也无半点成绩可言，不如去当个一方长官，也治他个"政通人和，百废俱兴"。

杨万里当时任秘书少监，是林子方的上司。杨万里也很欣赏林子方的才华，两人抗金强国的主张也一致，所以平日里交游甚欢，是要好的朋友。这一回，林子方终于等来了他一直期待的机遇，要连升几级知任福州了。林子方接到调令后，欢欣雀跃，但杨万里并不觉得这是好事，所以在送别时写下了这首诗，含蓄地挽留林子方。

六月里，西湖的风光与其他时候到底是不同的，因为这是最炎热的季节。被太阳照耀的湖面，莲叶才能无穷碧绿，荷花才能格外艳红。如果我们把诗中的个别词语进行替换，如将"西湖"换成"朝廷"，将"日"换成"皇帝"，就不难看出杨万里的意思了。

杨万里太知道南宋的局势了。你能在皇帝身边工作，你的一切理想、一切抱负也许还有机会实现，可一旦调离，就真应了那句"山高皇帝远"，将永远不被问津。

能有杨万里这样一个肯为自己切实着想的朋友，是一种幸运。

| 5 |

饭颗山头逢杜甫，顶戴笠子日卓午。
借问别来太瘦生，总为从前作诗苦。

——李白《戏赠杜甫》

很多人都说这首诗是李白在调侃，甚至可以说是在讥讽杜甫，笑话他作诗太拘谨，一点不洒脱，把自己都熬瘦了。

我并不这样认为。

作这首诗时，李杜已在两年内见了三次。如果李白真的瞧不上杜甫，干吗要一而再、再而三地跟这个不喜欢的人相聚呢？而且还不是短聚，还要一起游历名山大川，一起拜访世外高人，李白是跟自己过不去吗？还是仅仅给自己找一个供消遣的小跟班？应该都不是吧！

李杜的诗歌风格固然不同，一个豪放飘逸，一个沉郁顿挫，但没人规定好朋友之间必须事事都相同。比如对服装的审美最好有些差别，这样才不至于撞衫。你精致淑女，我干练中性，这没什么好互相抨击的。我相信李白的格局没那么小，在这首诗里，更多的还是对杜甫的心疼。

但毕竟有那么多人在这首诗里看出了戏谑的成分，况且李白自己也在题目里用了一个"戏"字，这更坐实了调侃的意思。可是我认为，真正的朋友间该适当有些调侃，也就是所谓的"最佳损友"吧。

要感谢有一个人肯不伤大雅地调侃你，因为这说明他把你当作真正的朋友，不然，恭恭敬敬地说话谁不会呢？只有跟陌生人说话才会以"您好"开头。倘若有一天没有人跟我开玩笑了，那我才要紧张。

开得起玩笑，才经得住风雨。

都说人生两三知己足矣，其实并不是不需要太多知己，而是知己实在难得。

有些诗，小时候只会背，长大了才能懂

小时候听得最多的一句话，就是"等你长大就懂了"。虽然那时候很小，但仍能从中听出敷衍的味道。有时候很生气，觉得大人们瞧不起我，只要你细心给我讲，我又不傻，怎么会不懂呢？有时候甚至机智地觉得，是大人们也不知道答案才找来这样的烂托词。

时光像落在炭火上的水滴，呼的一下就散了。现在，我终于理解了那句"等你长大就懂了"的意义。的确，有些东西，在未经历岁月沧桑的时候真的就觉得离自己很远，即使知道了，也未必懂。

"懂"和"知道"是不一样的，因为"懂"这个字走心了。比如有些诗，想想背下来快三十年了，但当年只是会背，如今才真正懂。

| 1 |

一曲新词酒一杯，去年天气旧亭台。夕阳西下几时回？

无可奈何花落去，似曾相识燕归来。小园香径独徘徊。

——晏殊《浣溪沙》

晏殊这首词让人印象最深的，大概就是"无可奈何"与"似曾相识"两个成语。而且这两句，也是这首词中的千古名句。小时候，老师会跟我们说，这两句一定要背下来，原文填空多半会考。

长大了，再读这首词，读到"夕阳西下几时回"时，忽然就陷入了沉思；读到"小园香径独徘徊"时，忽然就湿了眼眶。

夕阳落下了，几时会回转呢？这是一种又盼又怕的心情。盼，当然是希望落下去的太阳早点升起，盼光明，盼温暖；而怕，是因已然知晓明天升起的太阳已经不是今天落下去的那个。或者说，不是太阳变了，而是看太阳的人变了。

至于"小园香径独徘徊"，要知道，晏殊贵为宰相，他的小园里怎么可能只有他自己呢？但是，孤独有时候不是外在的氛围，而是内心的感受，如果没有人懂自己，越是热闹，越是孤独。

| 2 |

向晚意不适，驱车登古原；
夕阳无限好，只是近黄昏。

——李商隐《乐游原》

这是李商隐的名诗，当然也是必背篇目，然后一张还没彻底脱离奶气的小嘴就整天念叨着夕阳与黄昏。那时候还觉得李商隐有意思，夕阳嘛，当然是黄昏时分了，还用你说？

长大了，再看到"夕阳"与"黄昏"这两个词，内心会一阵莫名地恐慌。人生正如大地，当它镀上一层金色光芒的时候，离真正的黑暗也就不远了。岁月只会照章办事，它给你多少，便会从你的身上拿回多少。少年时，我们拥有的东西很少，于是努力拼搏；可是当我们功成名就的时候，青春也没了。少年时，我们没有爱情，于是很向往，可是当我们找到爱人的时候，父母又行将老去。夕阳的美充满诱惑，但是只有到拥有这种美的年纪才懂得"黄昏"两个字的含义。

| 3 |

去年元夜时，花市灯如昼。月上柳梢头，人约黄昏后。
今年元夜时，月与灯依旧。不见去年人，泪满春衫袖。
——欧阳修《生查子》

小时候，老师说这首词要求背诵，更重要的是，这首词描写的是元宵节的景观，记住，是元宵节。于是我们把所有精力都放在了元宵节上，还觉得欧阳修写得绕口，一会儿去年一会儿今年的。

长大了，再读这首《生查子》，才知道元宵节不是重点，元宵节那天的人才是。去年元宵之夜，花市、彩灯、明月，相得益彰，我们徜徉在这美景中，浓情蜜意。今年的元宵之夜，花、灯、月依然如故，但这美景里永远地少了你。

"睹物思人"与"物是人非"是何等残酷，只有经历过失去亲人的痛的人才能真正懂得。

4

横看成岭侧成峰，远近高低各不同。

不识庐山真面目，只缘身在此山中。

——苏轼《题西林壁》

小时候，我们对这个世界的理解，跟背诵这首诗时的心态其实差不多。背诵的时候，我们以为背下了，就是打通了这首诗的最后一关，就是知道了它的全部；同理，小时候，我们总是以为我们看到的就是真实的，就是这个世界的全部。

长大了，我们才知道苏轼的深刻。公元 1084 年，苏轼终于结束了他的黄州任团练副使的生活，奉调汝州。在路过九江时，苏轼游览庐山，写下若干首诗，而这一首是最后的总结。

苏轼在庐山停留了那么久，甚至可以说游遍了全山，回过头却说"不识庐山真面目"。

难道不是吗？有多少人、多少事，并不是我们看到的样子，而且越是亲近、越是身处其中，越是让人难以捉摸。"当局者迷"的道理，小孩子哪里知道。

君自故乡来，应知故乡事。

来日绮窗前，寒梅著花未？

——王维《杂诗》

背这首诗的时候，已经知道了什么叫思乡，但还是不理解王维。既然那么思念家乡，为何不关心一下父母兄弟、新朋旧友，而是去询问一枝梅花的近况呢？

长大了才知道，有时候那一缕乡愁就是系在家乡的一棵树、一枝花上的。漂泊在外的人，总说想念妈妈做的菜，难道是因为嘴馋吗？当然不。羁旅他乡的人，反复念叨家里的床睡得踏实，难道是因为胆小吗？当然不。包括杜甫的"月是故乡明"，任谁都知道，家乡的月光并不比外面的明亮，但在游子的眼中，确实是这样。

对一朵梅花的牵挂，没离开过家的小孩子，怎么能懂？

| 6 |

> 昨夜雨疏风骤，浓睡不消残酒。试问卷帘人，却道海棠依旧。知否，知否？应是绿肥红瘦。
>
> ——李清照《如梦令》

背这首词的时候，大抵跟词中的那个卷帘人一样，看不出海棠花的变化。那时候的时间多得是，那时候的青春长得很。

长大了，回读这首词，不由得对李清照心生敬佩，她竟然可以在青春时识得衰老的滋味。

时间的流逝远远比那一夜风雨来得残忍，它所摧残的不只是一朵春花，还有那颗绽放的心。眼角处没爬上几条皱纹、心底里没被抓出几道伤痕的人，哪里懂得什么叫绿肥红瘦啊！

有时候，懂了未必是美事，比如这些诗。

如今真正懂了，却更想回到不懂的年纪。

有一件绝情的事，就有一句绝情的诗

我很想知道叶子在凋落的那一刻，对树说了什么。

我很想知道云在飘散的那一刻，对天说了什么。

我很想知道春天在结束的那一刻，对大地说了什么。

我却不想知道你在离去的那一刻，要对我说些什么。

| 1 |

我本将心向明月，奈何明月照沟渠。

——《清诗纪事》

大多数人知道这句话是因为电影《天下无贼》。葛优饰演的黎叔戴着假发，架着金丝眼镜，穿着米黄色格子西服，旁边伴着美丽又性感的小叶，一副高深莫测的样子。他向刘德华饰演的王薄发出诚挚的邀请——邀请他加入盗窃团队。王薄桀骜不驯、恃才傲物，不把黎叔及他的团队放在眼里。黎叔眼一眯，嘴一抿，说："我本将心向明月，奈何明月照沟渠。"

无论什么话，只要从葛大爷的嘴里说出来，总要逗得我们不厚道地一笑。其实这句话，并不那么好笑。我视你如天上的明月，将一片真心付与你，可你的影子只在沟渠之中，半分也没有落在我的身上。如果说"我将春天付给了你，将冬天留给我自己"是我自愿的，那么你将冬天留给我，就别怪我无情了。

关于这句话，版本也很多。最早一版出现在被称为"南溪之祖"的《琵琶记》里，"我本将心托明月，谁知明月照沟渠"。《封神演义》里，妲己也说过这话，"我本将心托明月，谁知明月满沟渠"。总之，你若为 TA 付了真心，却没有得到回应，转身一定要留下这句话。

| 2 |

人生若只如初见，何事秋风悲画扇。
等闲变却故人心，却道故人心易变。
——纳兰性德《木兰词·拟古决绝词柬友》

世上总有一些陈世美，做了负心人，却反过来说对方是潘金莲。爱人之间如此，朋友之间有时也这样。

纳兰性德是那个时代的男神，当然不会有女子有负于他，是他的一位老朋友惨遭失恋，纳兰性德便填了这首《木兰词》赠予老友，以表安慰。

与心爱的人在一起，若能永远像一开始时那样甜蜜，那样真心，那样深情，人又怎么会变成秋风里的团扇，被冷落一旁呢？你就这样随随便便地变了心，却说人心本就易变。

据说这句词的原版不是这样的，原版是"却道故心人易变"。不管是心易变还是人易变，反正你变了，我们再也不见。

| 3 |

闻君有两意，故来相决绝。

——卓文君《白头吟》

朱弦断，明镜缺，朝露晞，芳时歇，白头吟，伤离别，努力加餐勿念妾，锦水汤汤，与君长诀！

——卓文君《诀别书》

据说这两首都是那个时代女性冲破封建枷锁的楷模——卓文君写的，那就一并说说。

卓文君与司马相如的故事，历来被传为佳话。鲜为人知的是，司马同志也曾二三其德。相传卓文君年少守寡，凄凄惨惨戚戚，是司马相如一曲大胆而真挚的《凤求凰》敲开了卓文君灰冷的心扉，再度相信爱情。为追求幸福，卓文君毅然逃出了卓府，与深爱之人私奔。可是，深情先生司马相如没能逃脱"喜新厌旧"的千古定律，飞黄腾达后渐渐耽于逸乐，日日周旋在脂粉堆里，甚至欲纳茂陵女子为妾。

卓文君果然是卓文君，没有一哭二闹三上吊，而是将一首痛斥其负心行径的《白头吟》，以及一封毅然决绝的《诀别书》，交到司马相如手上，让司马相如没脸没面。

面对负心人，就是要对 TA 狠一点。

| 4 |

> 我死之后，必为厉鬼，使君妻妾，终日不安。
>
> ——霍小玉

这大概是绝情诗里最狠的一首。你敢辜负我而流连他人，那么好，就算我死了，也饶不了你们。

说出如此狠话的人是谁呢？她叫霍小玉，是唐朝的一个歌伎。那个薄情负心的坏男人又是谁呢？他叫李益，是唐朝一个很有名的诗人，"大历十才子"之一。李益还在世的时候，一个叫蒋防的文人把他们俩的事写成了传奇故事，流传至今。到了明朝，戏剧大师汤显祖又将这段故事写成《紫钗记》，蜚声海内外。

霍小玉本是亲王之后，十五岁时，霍王去世，"安史之乱"爆发，霍小玉和母亲被赶出王府，沦为歌伎。十六岁时，霍小玉已经成为当时歌伎中的佼佼者，以唱李益诗句著名。李益听闻后，来看望小玉，两人一见钟情。又过了两年，李益要进京赶考，临别时，小玉说："我知道我的身份配不上你，如今我十八岁，你二十二岁，我只愿与你相爱八年。等你三十岁的时候，就娶一个与你身份相称的妻子，我自愿出家为尼。"李益被小玉的真情感动，失声痛哭。可仅仅一年后，李益便在京城娶了大户人家的女子，忘了小玉的深情。小玉听说后抑郁成疾，想再见见李益。但李益不愿相见，又一次伤了小玉的心，至此，霍小玉才提起笔来写下这狠心的话。

　　闻君有他心，拉杂摧烧之。摧烧之，当风扬其灰。从
今以往，勿复相思。相思与君绝。

　　　　　　　　　　　　　——《鼓吹曲辞·汉铙歌》

　　这一首似乎比上一首写得还要狠，要把负心之人挫骨扬灰。别
误会，再怎么恨，也不能无视法律啊！这里说的要摧烧之、扬其灰
的，不是那个负心人，而是 TA 送的礼物。

　　这是留存到今天的四十几首汉乐府诗歌中的一首。作者姓甚名
谁、何许人也，已无从知晓。

　　我思念的那个人啊，他如今在南海。他临别时赠我的簪子，如
今还有他的温度。可听说他现在已有二心，我便要把这礼物砸碎，
烧成灰，让风吹散。从今以后，不再思念，也死生不复相见。

　　没错，当要跟一个人恩断义绝时，TA 的东西也绝不留在身边。

　　一别两宽，各生欢喜。

　　一直以来，我们都以为封建社会的妇女身份极其低微，结了婚，
任打任骂，任劳任怨，受尽欺凌。或者像《孔雀东南飞》里的刘兰
芝，被恶婆婆赶回娘家，也无从申诉。再或者像李清照，受不了家
庭暴力想起诉离婚，还必须为此受牢狱之灾。

　　直到在敦煌莫高窟出土了这份古代的"离婚协议书"。

如果我们俩结合在一起是一个错误，那不如尽早结束，我过我的桥，你走你的路，两不耽误。

一不留神，我还译出首合辙押韵的诗来。总之，分道扬镳时最绝情的，不是狠话，不是咒骂，而是看淡一切的眼神。

世间有一种情味，叫孤独 ▎

　　某次，我与家人去看一部大热的喜剧电影。银幕里，演员们极尽搞笑之能事。银幕外，观众们笑得爆米花撒了一地，整个影院里座无虚席，一片欢乐。唯独坐在我旁边的女生，我用余光看见她几次用衣袖擦拭眼角。当然，大笑也会流眼泪，但是我确定，从始至终，并未从她的口中传出笑声。许是电影开场前发生了什么，许是电影中的某个镜头勾起了她的伤心事，反正她是那天唯一一个哭着看电影的人。在那样的气氛中，我想除了伤心，她应该也感到了孤独吧。

　　我几次想拿出纸巾递给她，想想还是算了。孤独这种滋味很奇妙，一面让你难过，一面又让你不忍心破坏，因为一个人的世界，有时候看上去很苦，有时候看上去很美。

　　而且的确有人喜欢孤独，芬兰人便是如此。他们不喜欢扎堆，不喜欢闲聊，"一米线"的标志几乎没有用武之地——在芬兰街头，间隔超过一米，甚至更长的队伍随处可见。倘若抹掉芬兰人生活中的这些"孤独空间"，他们会完全崩溃。所以偶尔的孤独，也没什么大不了。

| 1 |

一曲新词酒一杯，去年天气旧亭台。夕阳西下几时回？
无可奈何花落去，似曾相识燕归来。小园香径独徘徊。

———晏殊《浣溪沙》

那个女生，我不知道她有什么伤心事，反正她成了电影院里的那个孤独之人。

晏殊也一样。虽然宦海一生中也有被弹劾、被贬谪这样的事发生，但相较于其他诗人，身为"太平宰相""富贵词人"的他，心里应该不会太苦。而且，在宰相家的花园里，说什么我也不相信他会形单影只，但晏殊还是说自己是孤独的。

那我们就要探讨一下这里的"孤独"了。首先，孤独并非单指数量上的"一"，有时候越是热闹，越是孤独。不然，怎么会有"当你走进这欢乐场……清醒的人最荒唐"呢？其次，孤独的人看起来不一定孤独，比如晏殊，比如那个女生，他们看起来都不孤独，但他们的心里都感到了孤独。

我还是不知道那个女生因为什么，但是晏殊告诉我们了，他是因为物是人非，因为光阴流逝，因为花落的凄凉，因为寒暑交替的无情。

晏殊的孤独还是有些朦胧的，有些人却孤独得明白如话。比如杜甫，比如李煜，比如李清照。

杜甫是因为岁月顿挫。

> 风急天高猿啸哀，渚清沙白鸟飞回。
>
> 无边落木萧萧下，不尽长江滚滚来。
>
> 万里悲秋常作客，百年多病独登台。
>
> 艰难苦恨繁霜鬓，潦倒新停浊酒杯。
>
> ——杜甫《登高》

命运对杜甫是不公的。他要考取功名的时候，遇上了昏君和昏官，于是蹉跎长安十年。他要施展才华的时候，遇上了"安史之乱"，于是被囚、被贬，颠沛流离。他避难四川，只求在友人严武的府中做一个幕僚安稳度日的时候，严武病逝，他又一次无依无靠。而此时的他已经五十多岁，且疾病缠身。

如果命运眷顾他一次，哪怕就一次，他也不会那么孤独。

萧瑟的风，苍茫的天，哀号的猿；清冷的水，寂寥的滩，盘旋的鸟。秋叶无情零落，江水无语东流。在这样的一片天地里，"客"的身份是孤独，"病"的身躯是孤独。"艰难苦恨"四个字贯穿了他的一生，在他想要用一杯酒去消愁的时候，连酒也喝不得了。

李煜是因为输掉了江山。

> 无言独上西楼，月如钩。寂寞梧桐深院锁清秋。
>
> 剪不断，理还乱，是离愁。别是一般滋味在心头。
>
> ——李煜《相见欢》

"后主"不是个好字眼。它的意思是一个王朝的末代君王，尤指被俘虏的。这个词里包含着失败、无能、屈辱，在某种程度上跟"臭棋篓子"是一样的。如果身边某个人的棋艺特别差，我们可能在背地里用一用这个词，但对于李煜，所有人都会放大了嗓门儿喊他一声"李后主"。

亡国这件事，李煜有没有错呢？当然有，但也绝不是他一个人的错。亡国的恨，却要他一个人饮下。

李煜被俘至北方，举国的人都"姓"宋，只有他是个例外。开一个脑洞，朝臣们被俘后可以变节，但他不可以，皇帝是没有资格叛国的。当然，他也不会叛国，他都已经亡了国，还会叛吗？他是要孤独到底的。

当他孤独地走上西楼时，月是缺的，梧桐也是寂寞的，整个院落都被深深地笼罩在清冷的秋色中。于是他是月，是梧桐，是这个院落。那一缕离愁，剪又剪不断，理又理不清，就那样缠绕在心头，成了一种难以言说的滋味。

李清照则是因为爱情，因为思念。

> 红藕香残玉簟秋。轻解罗裳，独上兰舟。云中谁寄锦
> 书来？雁字回时，月满西楼。
> 花自飘零水自流。一种相思，两处闲愁。此情无计可
> 消除，才下眉头，却上心头。
>
> ——李清照《一剪梅》

关于这首词有两种说法。一说李清照与赵明诚婚后不久，赵明诚"负笈远游"，新婚宴尔分居两地，李清照思念丈夫所作。二说李清照婚后夫妻情笃，但由于李清照的父亲在党争中蒙冤，李清照受牵连，被迫返回青州老家，与丈夫不得已分离，因思念而作。

总之是因为思念，欲罢不能的思念。

杜甫是独自登台，李煜是独自上楼，晏殊是独自一人在小园徘徊。那么李清照呢？一个人乘船？当然不是。虽然很多书把"兰舟"解释成船，但我始终更支持另一种释义——床榻。

玉簟是光滑如玉的竹席，又轻轻解开罗裳，而"裳"在古代指下裙。既然连荷花都惨败了，天气已转凉，李清照在登船时怎么会解开下裙呢？况且就算是在盛夏，一个女子也不会在外面随意解开自己的裙子吧！还有，一个人登舟，似乎并不觉得多么孤独，但孤枕一定会难眠。

加之流水落花、归雁锦书，那一份因思念而起的孤独便到了风里、水里、云里。

论及最孤独，当数陈子昂和柳宗元。

前不见古人，后不见来者。

念天地之悠悠，独怆然而涕下！

——陈子昂《登幽州台歌》

陈子昂的孤独蔓延整个宇宙。"前不见古人""后不见来者"，他就这样孤孤单单地站在无始无终的时间里张望着，却什么也望不到。"天地悠悠"，无边无际的空间里只剩下他一个人悲愤、哭泣。

武则天时期，陈子昂一心用世，渴望施展自己的才华。他直言进谏，却被定为逆党而身陷囹圄。他随武攸宜征战契丹，又被轻率无谋的武攸宜压制、降职。壮志难酬、报国无门的陈子昂登上幽州台，向古今天地喊出心中的孤独。

千山鸟飞绝，万径人踪灭。

孤舟蓑笠翁，独钓寒江雪。

——柳宗元《江雪》

柳宗元的情形与陈子昂相像。历史上著名的"永贞革新"还有一个名字，叫"二王八司马事件"。前一个名字只说了过程，后一个名字却有了结果，那就是失败。"二王"被杀，其余八个人被贬为偏远地区的"司马"，实则为流放。

柳宗元在这种政治带来的压抑和苦闷中，写下六个意味深长的字——千万，绝灭，孤独。绵延的千山中连一只鸟的影子也没有，万条道路上也看不到一个人的踪迹，只有一个孤独的老翁在钓一江寒雪。

这世间，谁没有被冷落过、抛弃过？一生虽不长，但总会有那么几段孤独时光。孤独来临的时候，与其做困兽之斗，倒不如像王维那样享受它。

独坐幽篁里，弹琴复长啸。

深林人不知，明月来相照。

——王维《竹里馆》

一片竹林一张琴，一缕月光一个人。

孤独，你好！

人生不如意时，还有这样几首诗

这两年流行起一个新词——生无可恋，意思是活着没有任何留恋的人或事，生命已经没有任何意义了。我原以为只有在生活困苦、艰难到极点时，人们才会用到这个词，没想到，我读五年级的小外甥有一天哭着给我打电话，说他"生无可恋"，我瞬间想到了校园暴力或者是他在学校闯了什么大祸，被吓得够呛。仔细一问才知道，原来是我姐买了一套练习题回来让他做，以致他未来几周的周末玩耍时间要被无条件地扣除一个小时。少玩一个小时，他就"生无可恋"了。

我同事小吴那天中午哭丧着脸进来，我问他怎么了，他说他不想说话，并且"生无可恋"。我又以为是挨领导批评或者是被派出学习这样的"大事"，结果过了一会儿他告诉我，他连续两天都没有买到街口那家超好吃的鸡蛋饼了。两天没有吃到鸡蛋饼，他便觉得活着没有任何留恋了。

还有我另一个同事乔乔。长假前，我们都欢欣雀跃，只有她一个人闷闷不乐，还没等大家问，她就说了那四个字——生无可恋。我说你还真是热爱工作，放假都让你"生无可恋"。她说她长假不能不回家，可回了家又要被安排相亲……

唉，哪来那么多"生无可恋"呢？少玩一个小时，也许就换来了更好的成绩；没吃到鸡蛋饼，也许就发现了新的美食；至于相亲，没准儿就遇到真爱了呢！人生不如意事十有八九，我不建议你多思其一二，毕竟那十有八九是要我们面对的。当面对那些不如意的时候，我们是不是可以换一种姿态？

| 1 |
关于落榜

> 黄金榜上，偶失龙头望。明代暂遗贤，如何向？未遂风云便，争不恣狂荡？何须论得丧。才子词人，自是白衣卿相。
>
> 烟花巷陌，依约丹青屏障。幸有意中人，堪寻访。且恁偎红倚翠，风流事，平生畅。青春都一饷。忍把浮名，换了浅斟低唱！
>
> ——柳永《鹤冲天》

故事是这样的：那一年，年轻的柳永第一次参加科举考试，他胸有成竹，势必一举夺魁。但是，现实总是太残忍，他竟然名落孙山。一气之下，他填了这样一首词。

很偶然，我落榜了。即便在圣明的时代，也总会有贤才被埋没的事发生，我该何去何从？既然没有好的机遇，我何不纵情享乐？做一个风流才子，即便身为布衣，也不逊色于王公卿相。……青春不过片刻，功名算什么？不如杯中的酒和嘴里的歌。这首词里，有傲气，有怨气，有不服气，也有凌人的盛气。

后来这首词辗转到了皇帝的手里，皇帝看完怒不可遏，而这时柳永竟然又来参加考试了。皇帝写了一张小字条给柳永，上面只有十个字：且去浅斟低唱，何要浮名！

对于一个考场失意的人，我若推荐他去读柳永的这首词，似乎不太负责任。毕竟，柳永填完这首词就被朝廷封杀了。不过，我推荐这首词给你读，不是要你学柳永消极懈怠、藐视功名，而是让你去体味他的恣意旷达，毕竟条条大路通罗马；不是要你学柳永去寻花问柳，而是让你理解他的不负青春、快意人生，毕竟有些事二十岁不做，六十岁时就做不了了。

李白、杜甫、孟浩然、曹雪芹这些人都落了榜，但落榜并不妨碍他们成为一个人，一个伟人。

| 2 |

关于失业

我浮黄河去京阙，挂席欲进波连山。

天长水阔厌远涉，访古始及平台间。

平台为客忧思多，对酒遂作梁园歌。

却忆蓬池阮公咏，因吟"渌水扬洪波"。

洪波浩荡迷旧国，路远西归安可得！

人生达命岂暇愁，且饮美酒登高楼。

平头奴子摇大扇，五月不热疑清秋。

玉盘杨梅为君设，吴盐如花皎白雪。

持盐把酒但饮之，莫学夷齐事高洁。

昔人豪贵信陵君，今人耕种信陵坟。

荒城虚照碧山月，古木尽入苍梧云。

梁王宫阙今安在？枚马先归不相待。

舞影歌声散绿池，空馀汴水东流海。

沉吟此事泪满衣，黄金买醉未能归。

连呼五白行六博，分曹赌酒酣驰晖。

歌且谣，意方远，

东山高卧时起来，欲济苍生未应晚。

——李白《梁园吟》

你再失业也失不过李白。

李白二十多岁时从四川老家出来游历，三十岁时来到长安城，想要实现自己人生三大愿望之一的"出仕"。只可惜，狂放不羁的性格和官场的套路永远是不相容的，一蹉跎，便又是十年。直到公元742年，也就是李白四十二岁时，他才遇到了肯为他转身的两位导师——玉真公主和贺知章。李白终于走进了翰林院。

然而，走进去了的李白才知道，官场很乱。没完没了的潜规则把他的一腔热血和满腹才华践踏得不像样子，于是李白开始摔笔，放狠话，借酒消愁。终于，那些圈里的老油条都被他得罪光了，连一开始也很赏识他的唐玄宗也对他失望透了，李白被"赐金放还"，逐出长安。

李白向东来到宋州的梁园，与朋友开怀畅饮，赋了这首《梁园吟》。

诗里提到了很多有名的古人，有不食周粟而饿死的商王族伯夷和叔齐；有战国时叱咤风云，如今墓地被农民耕种的信陵君魏无忌；也有曾经的文学大咖司马相如和枚乘，他们都在这梁园里风光无限过，可现在他们都到哪里去了呢？

你再看看我李白，虽然被逐出了长安，可是我登着高楼，饮着美酒，歌女给我唱着小曲儿，平头奴子为我摇扇纳凉。这样的人生，不也很惬意吗？

我并没有就此消沉萎靡，人各有命，天命难违，必须豁达，不必忧愁。我暂为隐士，但仍对未来充满希望，就像当年的谢安一样高卧东山，一旦机会来临，再出山兼济天下。

失业的时候，你应该学学李白，一面藐视坎坷，一面傲视未来。

| 3 |
关于情变

> 花褪残红青杏小。燕子飞时，绿水人家绕。枝上柳绵吹又少，天涯何处无芳草！
>
> 墙里秋千墙外道。墙外行人，墙里佳人笑。笑渐不闻声渐悄，多情却被无情恼。
>
> ——苏轼《蝶恋花·春景》

这首词具体作于哪一年，已无证可考。又是因为什么让苏轼生发了这样的感慨，也不知具体是哪一桩哪一件了。毕竟苏轼这辈子，在事业和感情上都遭遇过不止一次的坎坷。有学者认为这首词作于惠州期间，我倒是想起一件事。

苏轼到惠州的时候，他的前两任妻子王弗和王闰之都已去世。苏轼对这两位妻子情爱颇深，所以一直难以忘怀。有一天，苏轼心情不佳，让他的小妾王朝云为他唱这首词。朝云刚一开口，便泪眼婆娑。苏轼问她何故，朝云说："奴不能歌者，是'枝上柳绵吹又少，天涯何处无芳草'二句。"苏轼一下子又找到了人生知己。

词的上阕的主题是死亡与新生的哲学关系。残花落尽，柳绵不飞，象征死亡的衰败，大多数诗人都用落花伤春。东坡不然。一个潇洒的、旷达的、豁然的人，看到的是残花背后象征着的新生、象征着的青春、象征着的生气的青杏与无尽的芳草。

然而，春终究还是去了。墙里的佳人，不仅仅是佳人，她还是曼妙的春色，是人间的一切美好。这美好，不属于任何人，留也留不住，你的多情只能被她的无情所恼。我们所能做的，是她在的时候欣赏她，她走的时候对她的背影说一声珍重。

虽然这首词很有可能与爱情无关，但"天涯何处无芳草"总是会给你希望。

| 4 |

关于衰老

山下兰芽短浸溪，松间沙路净无泥，萧萧暮雨子规啼。
谁道人生无再少？门前流水尚能西，休将白发唱黄鸡。

——苏轼《浣溪沙》

是的，又是苏轼。

公元 1079 年，苏轼摊上了官司。"乌台诗案"让他在牢狱里待了一百余天，还险些丧命。出狱之后，他被贬到了黄州，人生跌落谷底。这样的坎坷让才四十岁出头的苏轼觉得自己老了。

在黄州的生活是不如意的，不如意到他竟然要买下一块田地，自己耕种，自给自足。有一天，大概是因为心情、气候、劳累等诸多原因吧，苏轼病了。听乡亲们介绍说，附近有一个叫庞安常的医生，医术颇高明，只是有一点，庞医生是个聋子。苏轼去看病，在纸上写下自己的病情，庞医生看字诊断。苏轼说："我用手当嘴，你用眼做耳，咱俩都算是奇葩了。"病好之后，他俩竟成了朋友，并同游了清泉寺。寺门前有一条小溪，名为兰溪，神奇的是，大多的水都是"百川东到海""滚滚长江东逝水""一江春水向东流"，而这条小溪的水竟然向西流淌，苏轼诧异，就填了这首词。

其实，地势不同，水向哪个方向流淌都不足为奇。这个道理你我都懂，苏轼当然更知道，只是他能在这些司空见惯的事物中发现宽慰人生不如意的法宝。谁说人生没有第二次少年呢？你看，这溪水不是向西流淌了吗？从前人们都用河水东流比喻时间一去不回，现在溪水西流了，逆生长也可以实现了。

如果你觉得自己已老去，请去找一条向西流淌的小溪。

人生不如意的事太多了，就像苏轼在另一首词里写的——"人有悲欢离合，月有阴晴圆缺"。想不开，就是"何事长向别时圆"；想开了，就是"千里共婵娟"。

不同场合下，用这些诗武装自己 ▍

1

先讲一个故事吧。

大学的时候，我们寝室有五个人单身，只有一位同学在大一下学期成功坠入爱河。她经常大半夜跟男朋友煲电话粥，我们几个天天陪她顶着黑眼圈。我们也都忍了。后来，她连难得的爱情也不珍惜了，半夜打电话的内容由甜言蜜语改成了唇枪舌剑。又是咆哮，又是哭泣，我们真是忍无可忍。

如果换作一般寝室，我猜一开始多半是咳嗽提醒，接下来是故意弄出大的声响，再然后是话里话外旁敲侧击，最后没办法了，直接挑明。搞不好，难堪收场。可我们不一样啊，一屋子学中文的人，什么话一旦文雅地说出来，结局就不一样了。在某一次吵架后，那位同学正伤心哭泣的时候，她旁边床的同学慢慢坐起来，看着她说：

"莹莹啊，你可知'司空见惯浑闲事，断尽江南刺史肠'啊！"那位同学的哭声就渐渐小了……

你看同样的意思，"司空见惯浑闲事，断尽江南刺史肠"跟"大半夜的，你还有没有点公德心？还让不让别人睡觉"比起来，好听太多了。

我们在很多场合、很多情境里，都需要一句这样的诗来武装自己。是的，是武装，因为即便不能成功地解决问题，起码，这样一句诗脱口而出，你的水平、底蕴就明明白白地摆在那里了。

既然大家已经知道这句"司空见惯浑闲事，断尽江南刺史肠"该用在何处了，那我就再简单介绍一下它的背景和出处。

> 高髻云鬟宫样装，春风一曲杜韦娘。
> 司空见惯浑闲事，断尽苏州刺史肠。
>
> ——刘禹锡《赠李司空妓》

刘禹锡在最好的年华被贬了，前途、理想都被埋葬在了"巴山楚水凄凉地"。在被贬的年月里，他饱尝世事艰辛，看尽人间冷暖，也看透了官场的黑暗与险恶。晚年的时候，刘禹锡任苏州刺史一职，当地一个曾做过司空的人宴请刘禹锡。酒席极尽奢华，又有歌舞伎助兴。这一切，刘禹锡看在眼里，痛在心上。这样的不正之风盛行，长此以往，国家何来昌盛，人民何来安居？于是作了这样一首诗来讽刺。

李司空见惯了的事，却让江南刺史肝肠寸断。就是说，你习以为常、不以为意的事情，于我却未必能够承受。大概就是这个意思。

会用了吗？

说到场合，作为成年人，必定会有一个场合需要你夸一夸别人的孩子。怎么夸？最稳妥的一种方式就是夸孩子胜过他的父母。没有人愿意输，但所有人都愿意输给自己的孩子。

晚唐大诗人李商隐也遇到过这样的场合。

公元 851 年，李商隐要远赴梓州。临走之时，亲友设宴相送，众多亲友中就有他的好友兼连襟——韩瞻，以及韩瞻的儿子韩偓。当时的韩偓只有十岁，却在顷刻之间作出一首送别诗赠予他的姨夫李商隐。韩偓少年才盛，震惊四座。五年后，李商隐离开梓州返回京城，又想起当年韩偓即席作诗一事，便作了两首绝句。

> 十岁裁诗走马成，冷灰残烛动离情。
> 桐花万里丹山路，雏凤清于老凤声。
> ——李商隐《韩冬郎即席为诗相送，一座尽惊。他日余方追吟"连宵侍坐徘徊久"之句，有老成之风，因成二绝寄酬，兼呈畏之员外·其一》

怎么样，这题目够不够长？我先来翻译一下题目。冬郎就是韩偓的小名。韩偓席间赋诗一首为我送别，在座的人都为之震惊，现在我又想起他的那句"连宵侍坐徘徊久"，觉得少年老成，因此我作了这两首诗，并送给韩瞻。

其实题目并不重要，重要的是那句"桐花万里丹山路，雏凤清于老凤声"。桐，即梧桐，传说中凤凰非梧桐不栖。而丹山，也是凤凰的产地。在那万里长的丹山路上，桐花盛开，花丛中传来雏凤的鸣声，一定会比那老凤的叫声更清亮动听。

很显然，这就是在夸孩子比他爹他妈都要优秀。

用这句诗夸孩子，你也很优秀。

| 3 |

我曾在文章中写过："安史之乱"好比当头一棒，大唐王朝应声倒地，但是并没有死。随后，它又挨了三刀——军阀割据、宦官专权、朋党之争，这才气绝身亡。

军阀割据是中唐的一大祸患。各地势力用各种手段，勾结、拉拢文人和中央官吏，一些不得意的文人和官吏往往会依附他们。身为检校司空的李师道就是当时的藩镇势力之一，而且割据范围甚广，炙手可热。这一回，李师道向诗人张籍投来橄榄枝，邀他加入。而张籍是一个主张维护国家统一、反对藩镇割据分裂的爱国诗人，不可能与他们同流合污，因此作了一首诗委婉地拒绝了李师道的邀请。

> 君知妾有夫，赠妾双明珠；
>
> 感君缠绵意，系在红罗襦。
>
> 妾家高楼连苑起，良人执戟明光里。
>
> 知君用心如日月，事夫誓拟同生死。
>
> 还君明珠双泪垂，恨不相逢未嫁时。

——张籍《节妇吟》

整首诗未提国家山河一字，从头到尾，都在述说一个有气节的女子的心声。

你明知我已经有了丈夫，还偏要送给我一对明珠……归还你的双明珠我两眼泪涟涟，遗憾没有在我未嫁之前遇到你。"还君明珠双泪垂，恨不相逢未嫁时"，这一句拒绝，巧妙得很啊。

当你要拒绝另一个人的追求、另一家公司的邀请、另一个朋友的酒局、另一个……时，这一句绝对用得着，文雅又高明。

| 4 |

我们还时常碰到一种情况，就是被人放鸽子。约好的时间，对方却左等不来右等也不来，让你感受冷冷的冰雨在脸上胡乱地拍；再不然就是定好的局，你头也洗了，妆也化了，别的事也推了，人家告诉你不来了，这个时候大概只有劈头盖脸地骂一通才痛快。

别！冷静！我们有更委婉、更文艺、更彰显学识的谴责方式。

八百多年前的一个夜晚，南宋诗人赵师秀也遇到了这样的郁闷事。他与朋友约好来他家聚会，于是他酒茶也备好了，棋盘也摆上了，可一直等到深夜，也不见客人的影子。他要骂过去吗？当然不是，他只是作了一首诗。但我相信，客人来日看到这首诗时，会无地自容的。

黄梅时节家家雨，青草池塘处处蛙。

有约不来过夜半，闲敲棋子落灯花。

——赵师秀《约客》

前两句自然有它的妙处。梅子轻黄，细雨纷纷，青草池塘，蛙鸣片片，一幅江南盛景。第三句，话锋突转，交代了被放鸽子的事实，使前两句的美景也有了几分凄凉。

不过我想好好说一说的还是第四句。全句七字，无一字没有意义。"闲"，为何闲？如果客人来了，谈天饮茶还闲吗？"敲"这个字更妙，与"下""摆"相比，"敲"这个字多了声音，也证明诗人在落棋的时候手上是有力度的。那么哪来的力度？当然是心有怒火。再说"棋子"。棋这种活动必定需两人参与，诗人在等客人的时候没有饮茶，没有读书，单单选择一个人下棋，就是为了凸显他此刻的无聊与无奈。"落"，灯花因敲棋的声响而震落，这本身就是一种呼应，同时也告诉读者，落下的不仅有灯花，还有他的心情。最后说"灯花"，孤灯吊影，寂寞之感呼之欲出。

怎么样？以后再被放鸽子，你就发这七个字给对方。看不看得懂是他的事，哪怕是糊涂着，他也会知道你句话颇有深意。

5

当你遇到某些前辈在你面前卖资格、耍大牌时，你可以用李白那句"宣父犹能畏后生，丈夫未可轻年少"。

当你因误解、妒忌而遭遇排挤又一言难尽时，你可以用辛弃疾的那句"千金纵买相如赋，脉脉此情谁诉"。

当你得到了领导前辈的提拔赏识，想表达一番感激之情时，你可以用郑板桥的那句"新竹高于旧竹枝，全凭老干为扶持"。

当有人在你面前感慨年华流逝、霜染鬓稍时，你可以用苏轼的那句"谁道人生无再少？门前流水尚能西"。

当有人在你面前述说任何不如意时，你都可以告诉他："人有悲欢离合，月有阴晴圆缺，此事古难全。"

三

诗中风景

春风十里，不过一枝桃花

    小时候，我外婆家的院子里有两棵树，一棵是枣树，另一棵不是，是桃树。虽然两棵都是果树，但家里人总是更在意枣树。为什么呢？因为枣子比桃子香甜好吃。我们管桃树叫"看桃"，顾名思义，就是只能看不能吃。我偷偷尝过这棵桃树上结的桃子，的确酸涩难咽，但这仍然不能打消我对这棵桃树的喜爱。

    北方的冬天实在是太长了，从十一月份开始，直到来年三月末，四下里光秃秃的一片，没有一点生气。在物资还比较匮乏、交通也没那么发达的年代，冬天除了荒芜和寒冷，还象征着单调——单调的饮食，单调的服装，单调的生活。因此，北方人格外盼望春天的到来。春天，意味着可以吃到更多种类的蔬菜和瓜果，意味着可以脱下厚重的棉衣换上各式各样的薄衫花裙，意味着可以走出门去做更多更多的事。

    然而春天到底什么时候来呢？我一直觉得是院子里那棵桃树开

花的时候。桃树开花的时候，枣树还是光秃秃、静悄悄的。

| 1 |

去年今日此门中，人面桃花相映红。

人面不知何处去，桃花依旧笑春风。

——崔护《题都城南庄》

这是一个令人伤心的故事。唐朝时，有一个叫崔护的诗人。那年，他二十几岁，青春意气，背起行囊赴京赶考。很遗憾，那一年他没有考中。有句话怎么说来着？上帝在为你关闭一扇门的同时，一定会为你打开一扇窗。是的，考场失意的他乘着三月的春风去京城的南郊踏青散心，谁料这一行，竟逢着一个桃花般艳丽的姑娘。如果当时徐志摩在世，他一定会说：最是那一低头的温柔，像一朵桃花不胜春风的娇羞。

可不知为什么，崔护并没有马上向姑娘大胆地表白，也许是觉得还没有做好迎接爱情的准备吧，反正，他走了。第二年的清明时分，他故地重游，春风和桃花都在，只是那个姑娘再也没有出现。

这看似是一首叙事诗，实则是在抒情，又或者是在说理：桃花永远是粉红的，来赏桃花的脸却每年都在改变。我眼前的这树桃花还是去年的那树吗？

| 2 |

山泉散漫绕阶流，万树桃花映小楼。

闲读道书慵未起，水晶帘下看梳头。

——元稹《离思》

睹桃花思人的还有元稹。

公元 803 年是元稹的得意之年。这一年，二十五岁的元稹与白居易同登书判拔萃科，并入秘书省任校书郎。在那个时代，男子一旦有了功名，姻缘也就来了。风华正茂又才华横溢的元稹很快被时任检校工部尚书的韦夏卿看中，韦夏卿把女儿韦丛许配给了他。韦丛出身名门，才貌出众，娴静端庄，对元稹也体贴入微，两人伉俪情深。

公元 809 年是元稹的失意之年。这一年，他因大胆弹劾不法官吏、平反冤案而得到百姓的爱戴，但也因此触犯了朝中旧官僚阶层及藩镇集团的利益，很快被排挤打压。正在他仕途受挫时，他年仅二十七岁的妻子韦丛也与世长辞。爱妻的离世对元稹的打击很大，他写了很多悼亡诗怀念妻子。

又是一年春日，山间的泉水缓缓沿街道流淌，万树桃花掩映着小楼。我悠闲地躺在小楼上读道教书籍，隔着水晶帘看你梳妆打扮。

莫名让人想起苏轼的"小轩窗，正梳妆"。

| 3 |

人间四月芳菲尽，山寺桃花始盛开。
长恨春归无觅处，不知转入此中来。

——白居易《大林寺桃花》

白居易这里的桃花开得略晚些。如果你跟我一样，身处气候比较寒冷的北方，我想这首诗你一定用得着。

人间四月的时候，百花早已零落，而高山古寺里的桃花刚刚开放。我已为春光逝去懊恼了许久，却不知它竟然转到这里来了。

作这首诗的时候，白居易正处在人生的最低谷，也就是江州司马阶段。表面上是游山玩水的赏景闲适之作，但若从他的身世经历的角度来看，首句的"人间""芳菲尽"与次句的"山寺""始盛开"，又何尝不是"朝廷黑暗"与"山野清净"的对比呢？第三句的"恨春归去"与尾句的"入此中来"，大概也是看淡世态炎凉，方觉人生淡然的顿悟吧。

| 4 |

黄师塔前江水东，春光懒困倚微风。

桃花一簇开无主，可爱深红爱浅红。

——杜甫《江畔独步寻花七绝句·其五》

杜甫写这首诗的时候，刚经历动荡和战乱的洗劫，暂时安顿下来。虽然与家乡相去万里，虽然草堂之外仍然狼烟四起，可这幽静的浣花溪畔，到底是一方不被尘世打扰的桃花源。

江畔独步寻花，就是他一个人在浣花溪畔散步，顺便赏赏春花。走着走着，就走到了浣花溪的东岸黄师塔前。很巧，春风和春困同时来袭，叫他怎能不陶醉其中？可能真的是暖风熏得游人醉了，面对眼前一株野生的桃花，杜甫竟纠结了，是该爱它的深红还是该爱它的浅红呢？

诗人终究是诗人，换作你我，在"床头屋漏无干处"和"自经丧乱少睡眠"的窘困日子里，可能真的没心思写诗了。但杜甫不一样，转过冬天，三月的和暖的春风一吹，他就忘了眼前的苟且，诗意又来了。

| 5 |

桃之夭夭，灼灼其华。之子于归，宜其室家。

桃之夭夭，有蕡其实。之子于归，宜其家室。

桃之夭夭，其叶蓁蓁。之子于归，宜其家人。

——《诗经·周南·桃夭》

不知怎的，"桃之夭夭"后来竟变成了"逃之夭夭"。

其实，这是一首送新娘的诗。那个时候，大户人家的姑娘出嫁，大家簇拥着新娘送嫁时，一路上便要唱起这首歌：枝繁叶茂的桃树啊，花儿开得那样灿烂，这个美丽的姑娘嫁过去，家庭一定会美满幸福；枝繁叶茂的桃树啊，果实是那样丰硕，这个美丽的姑娘嫁过去，家里一定会人丁兴旺；枝繁叶茂的桃树啊，叶子是那样稠密，这个美丽的姑娘嫁过去，家里一定欢乐融洽。

没错，在这首诗里，桃花又被比作姑娘。

桃花算是遭非议比较多的一种花了，总有人说它轻薄肤浅。其实，花朵本身哪有那么复杂，不过是各花入个眼罢了。你若说它轻薄肤浅，它便轻薄肤浅；你若说它宜室宜家，那它便也宜室宜家。

　　说桃花肤浅的，和杜甫一个看法，说它"轻薄桃花逐水流"。我倒觉得人有人的命运，花也有花的定数。桃花本纤弱，又怎能敌得过春风和时间的摧残呢？"桃花逐水"也算是桃花为这春天贡献的最后一抹景色了。

　　　　问余何意栖碧山，笑而不答心自闲。
　　　　桃花流水窅然去，别有天地非人间。
　　　　　　　　　　　　　　　　——李白《山中问答》

　　　　隐隐飞桥隔野烟，石矶西畔问渔船。
　　　　桃花尽日随流水，洞在清溪何处边。
　　　　　　　　　　　　　　　　——张旭《桃花溪》

　　李白和张旭这两位盛唐时期的风云人物都在诗中提到了"桃花逐水"，非但没有说它轻薄，反而把这一景色作为仙境的标志。

　　李白是个具有双重性格的人，他一面想出仕、想施展才华，一面又想隐居、想当个神仙。所以他二十几岁时出蜀，游历天下，寻求出仕的机会。可当他走到湖北安陆的白兆山时，又被这里仙境一般的景色吸引，停住了寻觅功名的脚步。

　　张旭与李白不同。张旭作这首诗时，已经是晚年，唐朝也已进入天宝年间，国势转衰。当年陶渊明不堪东晋末年的黑暗，写出《桃花源记》表达对平静而安稳的生活的向往。如今张旭看到桃花逐水，而那"初极狭，才通人。复行数十步，豁然开朗"的山洞又在哪里呢?

　　从陶渊明到张旭，人们看见了"桃花流水"，就仿佛看到了美好的生活。

柳絮也是花啊

春日百般好，唯有柳絮恼。

柳絮因风起，想来是个文艺而美丽的画面，实则是一场浩劫。

犹忆许多年前那个云淡风也轻的春日午后，教室里熙熙攘攘、吵吵闹闹，只有我一个人在窗边发呆。阳光照射在书本上，字迹也有了温暖的味道。忽然，有人拍了我一下，是我们班智商与颜值双担当的帅班长。班长来找我研究一道题，带着和窗外的阳光一样的笑容。你是不是觉得青春偶像剧就要开演了？

不！

就在这时，一朵柳絮从窗口飘了进来，刚好被看到难题深吸了一口气的我吸进了鼻孔，而且一半在外一半在内。班长看到这一幕，笑得差点儿晕过去。因为这朵柳絮，我被他取笑了整整两年。

我这最多就是留个笑柄，那些有鼻炎、咽炎、结膜炎的人，在柳絮纷飞的日子里，怎一个惨字了得啊！

那么面对柳絮，我们该怎么办呢？

那就……为它吟诗吧。

| 1 |

肠断春江欲尽头，杖藜徐步立芳洲。

颠狂柳絮随风去，轻薄桃花逐水流。

——杜甫《绝句漫兴九首·其五》

如果柳絮来招惹你，你就用杜甫这首诗骂它。既文雅，又解气。

这首诗写在杜甫寓居成都草堂时期。这时，他已经远离了硝烟战火，远离了政治纷争，获得了片刻安宁，也有时间、有心情到处赏赏春光写写诗了。但是，那些颠覆江山的恶人、那些祸国殃民的小人还是在他心中挥之不去。于是，当他看到那些放荡飞舞的柳絮、无情逐水的落花时，便情不自禁地说出了"癫狂"与"轻薄"。

落花轻不轻薄我不知道，反正，柳絮飞时确实是够狂的。

| 2 |

南园满地堆轻絮，愁闻一霎清明雨。雨后却斜阳，杏花零落香。

无言匀睡脸，枕上屏山掩。时节欲黄昏，无聊独倚门。

——温庭筠《菩萨蛮》

温庭筠的《菩萨蛮》写得极好。好到什么程度呢？据说当时的唐宣宗特别喜欢读《菩萨蛮》，宰相令狐绹为了讨好皇帝，也为了露一手，偷偷把温庭筠新填的《菩萨蛮》说成是自己填的，进献给了皇帝。后来温庭筠知道了这件事，用"中书堂内坐将军"来讥笑令狐绹无才。

你那么讨厌柳絮，温庭筠可不讨厌。如果柳絮有那么一点点令他不悦，那大概也是因为柳絮落尽就意味着春天将要结束了。尤其一阵急雨骤来，春天便荡然无存了。只有几片零落的杏花，证明春天来过。

那个睡眼惺忪、倚门惆怅的姑娘，怕也是在伤春吧！

柳絮烦你的时候，你就想着这是春天最后的狂欢就好了。

| 3 |

凌波不过横塘路，但目送、芳尘去。锦瑟华年谁与度？
月桥花院，琐窗朱户，只有春知处。
飞云冉冉蘅皋暮，彩笔新题断肠句。若问闲情都几许？
一川烟草，满城风絮，梅子黄时雨！

——贺铸《青玉案》

贺铸人长得丑，却有个很美的雅号，叫贺梅子，就是因为这首词的最后一句。

问有几多愁？李煜说像"一江春水向东流"。而贺铸，他的愁更是多得数不过来，以至于连用了三个比喻：像遍地的青草，像满城的飞絮，像梅子黄时的淫雨。贺铸之于柳絮，说不上是爱还是恨。若说爱，它象征的是愁绪，愁便是恨呀；若说恨，还有什么比春日里漫天的飞絮更像他此刻心里的愁呢？

可能贺铸也被柳絮糊了一脸，但他深情地说，这是我的愁容。

| 4 |

燕子来时新社，梨花落后清明。池上碧苔三四点，叶底黄鹂一两声，日长飞絮轻。

巧笑东邻女伴，采桑径里逢迎。疑怪昨宵春梦好，原是今朝斗草赢，笑从双脸生。

——晏殊《破阵子》

毕竟大多数人还做不到不以物喜不以己悲，内心的欢乐与忧伤总会或多或少地影响我们对眼前事物的判断。在这点上，晏殊也一样。他给世人留下了两个深刻印象，一个是"无可奈何花落去"，一个是"似曾相识燕归来"，都那么伤感。可是这次不一样，同样是花落与燕来，却显得愉悦欢快，还不是因为心情好。

当然，这首词填于春社之时，也就是古人每年春天祭拜土地神的日子。这一天，女子们可以抛开家务劳动，结伴去踏青、交游、荡秋千等。晏殊看到了美女，于是心情变好，也说不定啊！

| 5 |

更能消、几番风雨？匆匆春又归去。惜春长怕花开早，何况落红无数。春且住。见说道、天涯芳草无归路。怨春不语。算只有殷勤，画檐蛛网，尽日惹飞絮。

长门事，准拟佳期又误。蛾眉曾有人妒。千金纵买相如赋，脉脉此情谁诉？君莫舞，君不见、玉环飞燕皆尘土！闲愁最苦。休去倚危栏，斜阳正在、烟柳断肠处。

——辛弃疾《摸鱼儿》

这一年，辛弃疾四十岁了。算起来，他南归也已有十七年了。他原以为南归能让他更好地施展才华，可以匡扶天下，可以北上抗金，可现实是，他军权被卸、屡遭排挤、不得重用。这一次，他又要走了，去做一个主管钱粮的小官。临别时，朋友为他饯行，辛弃疾触景生情，填下这首词。

他没有写自己，而是写了恩宠与春天。宫妇盼望恩宠，却得不到恩宠；人们苦留春天，却总也留不住。恩宠与春天，不正是他的理想吗？只有蜘蛛，织了张网，网住些柳絮，算是留下些许春色。

你为柳絮懊恼心烦时，也许有人正在怜惜它。

| 6 |

花褪残红青杏小。燕子飞时，绿水人家绕。枝上柳绵吹又少，天涯何处无芳草！

墙里秋千墙外道。墙外行人，墙里佳人笑。笑渐不闻声渐悄，多情却被无情恼。

——苏轼《蝶恋花》

豁达而智慧，还得是苏轼。他既能看到花褪残红的悲，又能看到青杏小的喜；既能看到柳绵吹又少的春去，又能看到天涯芳草的夏来；既能看到墙里佳人的必然，又能看到墙外行人的偶然；既能看到笑渐不闻的无情，又能看到无奈懊恼的多情。

所以，面对柳絮糊脸，我想，苏轼应该会微笑吧。

"柳絮糊了一脸"真的是一道无解的题，如果有解，那大概就是微笑着吟一首诗，尽量保持优雅吧。

菊花开尽更无花

我能够成为今天的我，与菊花是有关的。

我的农历生日是九月初七。九岁那年的生日，正巧赶上星期六。当时实行的还是单休制，星期六是要上学的。又赶巧有一个外地的亲戚来，周六到，爸妈下了班要去接，所以决定把我的生日串到第二天过。

那时候过生日还不流行宴请同学什么的，我的生日宴席上坐满了七大姑八大姨。这个举起杯来祝我健康成长，那个掏出礼物祝我学业有成，毫无新意。轮到外地亲戚时，他显得有些尴尬。毕竟事先不知道我过生日，作为长辈，连礼物都没准备。他端起酒杯，先对没准备礼物抱愧，接着说了一段祝福的话，我一辈子都不会忘。他说："'待到秋来九月八，我花开后百花杀'，这是唐朝诗人黄巢的诗句，这孩子的生日是九月初八，将来必能如寒菊一般傲立秋风。"

对这样文绉绉的话，九岁的我一知半解。不仅我，其他人也只是赔笑附和，说不出像样的对句来。相貌平平、个子平平、学习成绩不拔尖儿，连跳皮筋也不出众的我在心里默默记住了那句诗——"我花开后百花杀"，人生第一次觉得自己也有与众不同的一面。然后我有些埋怨妈妈，为什么没有晚一天生我，那样我就真的是在九月初八出生的了。不过我想，差了一天而已，我一定行的。

饭后，我向外地亲戚讨教了诗的后两句，这是我会背的第一首课外诗，我也从此对古诗产生了兴趣。若干年后，人们都知道一句话——"满城尽带黄金甲"。

| 1 |

一千多年前的九月十日还不是教师节，一个饱经沧桑的老者登上了安徽当涂的龙山，他已经连续两天来到这里了。唐宋年间，九月初十被称为"小重阳"，所以前一天他来登高宴饮，今日又来喝酒赏菊。"采菊"是重阳节的重头戏，这位老者端着酒杯，极目远眺，看见漫山遍野的菊花已被摧残不堪，不禁苦吟道：

> 昨日登高罢，今朝更举觞。
> 菊花何太苦，遭此两重阳。

> ——李白《九月十日即事》

昨日刚刚登高完毕，今朝又来举起酒杯，菊花为何要受这样的苦，竟遭到两个重阳节的采撷！这菊花不正是他吗？一生两次入长安，却都遭到了政治上的重创——赐金放还，流放夜郎。冥冥中，他与菊花已是物中有我，我中有物。这个人，就是李白。

2

　　"江州司马青衫湿"的白居易，也曾在仕途上颠沛流离。那一年深秋的清晨，新霜轻轻地附着在头顶的青瓦上，昨日娇艳无比的芭蕉与风荷都已耐不住严寒，或折断，或歪斜。唯有东篱旁的菊花，在寒冷中依然傲立，金粟般耀眼的花蕊让清晨多了一缕幽香，让深秋多了一份灿烂。

> 一夜新霜著瓦轻，芭蕉新折败荷倾。
> 耐寒唯有东篱菊，金粟初开晓更清。
>
> ——白居易《咏菊》

　　白居易借菊花耐寒的精神，以及俊逸清香的品格，自况言志。

3

　　元稹是白居易的好朋友，二人是莫逆之交。对于菊花，他也喜欢得不得了。

> 秋丛绕舍似陶家，遍绕篱边日渐斜。
> 不是花中偏爱菊，此花开尽更无花。
>
> ——元稹《菊花》

　　东晋陶渊明因一句"采菊东篱下"成了"菊花全国后援会"的会长，以致后代的爱菊之人都要尊一尊陶老。元稹就是这样。一丛丛秋菊围绕着屋舍好像陶渊明的家，我也像我的偶像那样围绕东篱观赏菊花。说真的，并不是因为在群芳当中我只喜欢菊花，只是在这深秋季节，菊花落后，便再也无花可赏了。

诗人口口声声说他并不是独爱菊花，可一句"此花开尽更无花"，流露出太多他对菊花的赞美和喜爱。

| 4 |

还有郁闷了一辈子的李商隐，他也咏菊。但他咏菊不是像陶渊明那样向往田园，而是渴望被采撷。

> 暗暗淡淡紫，融融冶冶黄。
> 陶令篱边色，罗含宅里香。
> 几时禁重露，实是怯残阳。
> 愿泛金鹦鹉，升君白玉堂。
>
> ——李商隐《菊》

这是一个故事。公元 837 年的时候，李商隐考取了功名。可仅仅几个月后，他就莫名地被贬了官。在地方为任不久，又因为把死囚判为活罪触怒了长官，再遭罢官。幸好一位老朋友出手相救，他才保住了职位。可对于屈居县尉一事，李商隐总是不痛快，一直寻求机会入京，以求援引。这首诗便作于这个阶段。

幽暗的淡紫，明媚的金黄，它们既有陶渊明东篱边的色彩，又有罗含院子里的幽香。菊花不惧寒露的侵袭，却害怕夕阳的来临，愿早日被人采撷，浸在金制的鹦鹉杯中，来到富丽的厅堂之上。

李商隐也把自己比作一枝菊花，渴望被重用。

| 5 |

不能落下李清照，她吟咏过太多次菊花，最有名的是这一首。

> 薄雾浓云愁永昼，瑞脑消金兽。佳节又重阳，玉枕纱
> 厨，半夜凉初透。
> 东篱把酒黄昏后，有暗香盈袖。莫道不消魂，帘卷西
> 风，人比黄花瘦。
>
> ——李清照《醉花阴》

公元 1101 年，十八岁的李清照嫁给赵明诚，婚后两人幸福甜蜜。可好日子过了不久，赵明诚便"负笈远游"。寂寞深闺之中，又值重阳佳节，李清照黯然神伤，也仿着陶渊明的样子来到东篱欣赏菊花，可她看到的，是比这深秋的菊花还要消瘦的自己。李清照填了这首词，寄给了远方的丈夫。

在李清照的才情与爱情里，都有菊花的一份功劳。

当春天被桃、李、梨、杏、柳丝、杨絮瓜分，当牡丹、芍药、莲花、榴花、槐花开满盛夏，菊花与秋天是彼此真正的唯一。

灵魂有香气的梅花

我有个朋友，单名一个"梅"字。

认识她那年，她正跟家里闹别扭。什么别扭呢？我朋友出身县城，父母觉得她一个女孩子，大学毕业后若留在大城市打拼会特别辛苦；又因为她是独生女，所以希望她毕业后能回到那个小县城。可是小县城的机会少，靠自己去应聘，也没什么体面的工作，于是在她大四那年，家里人在没跟她打招呼的前提下，就四下托关系给她找工作。大学最后一个寒假她回家，父母便带着她到所托的亲朋家去拜访，跟人家点头哈腰地说好话，以求一份所谓的好工作。

回到家，她就郑重地跟父母宣布，她不会接受这份工作的。她说她从小努力读书，就是希望能多学一些本事，将来能靠自己的本事吃饭，如今这样低三下四地求人家赐一份工作，跟讨饭有什么区别呢？再有，今天靠关系得来了这份工作，日后即便她凭自己的努力有了成绩，也不会有人承认她的能力，"靠关系"几个字将是她一生都抹不去的污点，所以她绝不接受。

　　父母当然另有想法，把她这番话总结为幼稚与不懂事，于是就别扭上了。年还没过完，她就回到了学校，准备接下来的应聘。如今怎么样呢？如今她已经是部门的总监了，在大城市买了房、成了家，还把父母接了过来。

　　我反正是很佩服她的，一副铮铮铁骨，配得上她名字里的那个"梅"字。

| 1 |

坚强，亦惹人怜爱

　　　　数萼初含雪，孤标画本难
　　　　香中别有韵，清极不知寒。
　　　　横笛和愁听，斜枝倚病看。
　　　　朔风如解意，容易莫摧残。

　　　　　　　　　　　　——崔道融《梅花》

　　这是崔道融眼中的梅花。数朵梅花在枝头轻盈绽放，如雪般洁白。世上最高明的画师，也许画得出它的美丽，但画不出它的神韵；也许画得出它的洁白，但画不出它的纯净。素雅馨香中蕴含着铮铮铁骨，在它面前，连凛冽寒风也逊色几分。

　　面对这样美到极致的梅花，诗人自观病躯，叹自己再无力呵护它，只好苦求北风：你若解我怜梅的心意，就不要轻易摧残它，让它多开些时候吧。

　　崔道融笔下的梅花有盛气、有傲骨，也因此得到了诗人的百般怜爱。并不是只有柔弱才能赢得关怀，坚强也会。

| 2 |

潇洒，却让人难忘

定定住天涯，依依向物华。

寒梅最堪恨，长作去年花。

——李商隐《忆梅》

这是李商隐记忆中的梅花。写这首诗的时候，李商隐正客居他乡，茕茕孑立。无限的悲怆里，眼前冉冉开放的春花给了他些许安慰。李商隐没有描写梅花，因为他的眼前春光无限。可他还是不能忘记梅，忽然间就出现在脑海里，且用了一个"恨"字，恨它开得那样早，不能跟眼前的春花繁华与共。李商隐为什么要"恨"梅？是因为爱，爱极生恨。他渴望梅花的美绵远悠长，常伴左右，而梅花却不带一丝留恋地离开了，这样的潇洒让人怨，也让人恨。

活得潇洒，拿得起放得下，记得你的人会永远记得你。

| 3 |

爱人，但不放弃自我

王冕的心中有两朵梅花，一黑一白。就像张爱玲说女人，一个是白月光，一个是朱砂痣。

我家洗砚池头树，朵朵花开淡墨痕。

不要人夸颜色好，只留清气满乾坤。

——王冕《墨梅》

冰雪林中著此身，不与桃李混芳尘。

忽然一夜清香发，散作乾坤万里春。

——王冕《白梅》

王冕喜欢的梅花不同，也相同。不同之处在于，一个是淡淡的墨色，一个是浓烈的洁白；相同之处是，她们都有独立的个性，有强大的自我意识。

古人以女子柔弱为美，更认为女子是男子的附属品，所以有"小鸟依人""女为悦己者容"之说。王冕笔下的梅，则是有独立个性的女子。"只留清气"和"一夜清香发"是一个女子对美的追求；"满乾坤"和"万里春"是不吝惜自己的美，要让见者赏心悦目；而"不要人夸颜色好"和"不与桃李混芳尘"则是说我的美与你无关。这里的"你"即男人挑三拣四、品头论足的目光，也是其他女人与之相较的攀比之心。

如果你太在意他人，那一定做不好自己，不如像梅花那样，孤芳自赏。

| 4 |

不争，而得人尊重

驿外断桥边，寂寞开无主。已是黄昏独自愁，更着风和雨。

无意苦争春，一任群芳妒。零落成泥碾作尘，只有香如故。

——林逋《卜算子·咏梅》

提到梅花，便不得不提陆游笔下的那一树。这树梅花开得很苦。它开在最寂寞的地方：清冷的驿站之外，残破的断桥旁边，无人赏，无人怜。它开在最忧愁的时间：最难将息的黄昏时分。它开在最凄苦的天气：愁风惨雨无情地摧残着它。它开在最孤独的季节：不与百花争春。

不争春，却得到了春。也许没有梅花的开放，春天就不会苏醒；也许没有梅花零落的芳尘，百花便得不到滋养。因此，整个春天都弥漫着梅的馨香，每一朵春花的灵魂里都有梅的模样。

耐得住寂寞，才守得住繁华；敌得过风雪，才盼得到春光。

宋代有一位诗人叫林逋，他在古代的诗人中算是特立独行的一个。他不仅一生不仕，而且终生未娶。他一辈子只守着一座山，种了满山的梅花，养了遍野的仙鹤，世人称他"梅妻鹤子"。

我想一定是因为这位林大诗人对妻子的要求太高了，高到只有梅花才合他的心意。

你看云时，云很近

有个段子说，一个人在网上叫了车，然后司机跟他确认位置，他说他在一朵像小象的云下面。然后，他就挨骂了。

"一朵像小象的云下面"，确实让司机为难，但云还是要看。没有一样事物比云更加善变，这一秒像只小象，下一秒就变了模样。车走了还可以叫下一辆，但那朵像小象的云走了，就不再回来了。

| 1 |

楚山秦山皆白云，白云处处长随君。

长随君，君入楚山里，云亦随君渡湘水。

湘水上，女萝衣，白云堪卧君早归。

——李白《白云歌送刘十六归山》

李白很小的时候便上山学道，所以他对"道"与"仙"有着很浓重的情结。在他的诗里，也经常出现他拜访仙山、求道求仙的经历。然而，人间是没有仙的。

倒是有一类人，虽也是肉体凡胎，却摆脱了尘俗杂念，忘却了功名利禄，过着神仙一般的生活。他们便是隐士。

李白有很多隐士朋友，最知名的大概要数《将进酒》中的"岑夫子、丹丘生"。当然，在李白眼中，"醉月频中圣，迷花不事君"的孟浩然也是一位隐士，所以李白对他崇敬有加。

这一次，李白要送别的这位隐士叫刘十六。与其说李白要送别刘十六，倒不如说他要送别自己。那么为何要送别自己？如何送别自己？送别怎样的自己呢？

写这首诗时，李白和刘十六都在长安城，但他们都不是土生土长的京城人士。刘君来自湖南，李白来自四川。当年他们怀揣着各色各样的梦，相聚于长安城。我不知道这位刘君经历过什么，但我知道李白到了长安之后，他的梦被现实击得粉碎。如果长安不是圆梦之地，那么是时候跟这里作别了；如果出仕不是理想的终点，那么该前往下一站了。下一站又在哪儿？在云端。

南朝时，文学家陶弘景辞官归隐，皇帝问他山中有何物让他屡次拒绝为官。他作诗答说："山中何所有？岭上多白云。"从此，隐士的命运便与白云系在了一起。

李白这首诗以白云起，以白云渡，以白云收，就是想说自己也要到白云中去。

是啊，如果已经看到了黑暗，谁不向往白云呢？

晴川落日初低，惆怅孤舟解携。鸟向平芜远近，人随流水东西。

白云千里万里，明月前溪后溪。独恨长沙谪去，江潭春草萋萋。

——刘长卿《谪仙怨》

看到"谪仙"二字，我们往往会想到李白，但这首词还真的与李白无关。

这个词牌颇有些来历。相传，"安史之乱"爆发后，唐玄宗逃亡蜀地，行至马嵬坡时六军不发，逼迫唐玄宗赐死杨贵妃，然后才继续前行。唐玄宗上马，回望八百里秦川，感慨若是早相信张九龄的话，今天也就不至于此了，然后潸然泪下，吹笛成曲，取名《谪仙怨》。"谪仙"意指张九龄有先见之明。

刘长卿写"谪"倒也顺理成章，因为此时他与他在词中送别的友人都被贬谪了。被贬去哪里？就是那白云飘向的千里万里之外。为什么是云呢？因云看似自由，却不得自由，命运完全由风主宰，说走就走，说散就散。这与被贬的官员是一样的。此后，分别的两个人唯有明月共照，唯有春草相接。

此词确实有些伤感，但若抛开贬谪和别离，"白云千里万里，明月前溪后溪"的景致，倒是十分唯美。

同李白一样，报国梦被击碎的诗人们，一旦对政治绝望，便会想到归隐，或者对已经归隐的人产生浓厚的兴趣。刘长卿也是。这一次，刘长卿要去拜访一位山中道士。

一路经行处，莓苔见履痕。

白云依静渚，春草闭闲门。

过雨看松色，随山到水源。

溪花与禅意，相对亦忘言。

——刘长卿《寻南溪常山道士隐居》

一路上经过许多地方，青苔小路上留下了我的脚印。白云依偎着安静的沙洲，碧草遮住了道观的闲门。新雨过后看松树的青翠，随山路蜿蜒走到水的源头。看到溪花那一刻心生禅意，凝神相对，默默无言。

他见到道士了吗？没有。他见到"道"了吗？见到了。一路上的白云、碧草、闲门、青松，皆妙不可言。妙在哪里？妙在白云依偎沙洲时的安静，妙在道士不在，芳草为他挡门的知心，妙在道观门少有人登的悠闲，妙在山与水相通自然。所以诗人一路走来，心中自有禅意了。

莫名地很喜欢"白云依静渚，春草闭闲门"，因为当景物有了感情和思想的时候，会更美。

| 3 |

王维也爱白云。

太乙近天都，连山接海隅。

白云回望合，青霭入看无。

分野中峰变，阴晴众壑殊。

欲投人处宿，隔水问樵夫。

——王维《终南山》

王维的仕途如果能倒着走，该是多美的一件事。年轻时，王维带着"新丰美酒斗十千，咸阳游侠多少年"的意气闯入京城，名震朝野。可是没过多久，他便开始了一而再、再而三的贬谪生活，沉居下僚，放逐边塞，甚至银铛入狱。等到他对官场、对功名已经失去兴趣、想要辞官归隐的时候，朝廷又忽然对他青睐有加。从恢复原职到官居尚书右丞，于别人或许是莫大的荣耀，但对于早已看淡世事的王维来说，这些还抵不上终南山上的一片云。

太乙山，也就是终南山，虽然连着京城，却朝着大海的方向绵延。这像极了王维，虽有朝廷的挽留，但他的一颗心向往着归隐。终南山的云美妙得不行，向上走的时候，眼前云霭弥漫，前路与风景都被裹进云里，仿佛再走几步，人也要腾云驾雾了。腾云驾雾好啊，索性加紧了脚步往那云朵里走。可是每每前进一点，云雾就要往两旁分散一些，给人让出一条路来，想要摸一摸那云也摸不到。这时回头向下看，刚刚分散开的云雾又聚拢到一起，汇成茫茫一片。

"白云回望合，青霭入看无"，多么美妙的云。

中岁颇好道，晚家南山陲。

兴来每独往，胜事空自知。

行到水穷处，坐看云起时。

偶然值林叟，谈笑无还期。

——王维《终南别业》

差不多同一时期稍晚，王维又作了这一首，依然是终南山，依然是白云。

　　兴致来的时候，不需要章程，也不需要仪式，就开始一个人的旅行。旅行去哪里？如果有明确的目的，那就不是他要的自由了。就是随着路走，随着山走，随着风走，随着水走，走到流水的尽头，无路可走了，就坐下来，看天上云卷云舒。为什么看云？因为云有形无迹、飘忽不定、变化无穷，云是"空"的。此时的王维，也是"空"的。

　　王维是真的爱云。他自己要去看云，当他知道朋友要归隐时，他也对朋友说去吧，去看云吧。

　　　　下马饮君酒，问君何所之？
　　　　君言不得意，归卧南山陲。
　　　　但去莫复问，白云无尽时。

　　　　　　　　　　　　　　　　　——王维《送别》

　　明白如话的一首诗。两人骑马并辔走了一段路，便下了马，饮一杯酒，就此分别。王维关切地问朋友去哪儿，朋友说因为不得意，所以要归隐。大约是"不得意"引起了王维的共鸣，这几个字里有多少辛苦、多少委屈、多少愤懑、多少不甘，他太知道了。于是他告诉友人只管去，不要再问尘世，去看那无穷无尽的白云。

　　是啊，功名利禄都有尽时，只有白云是无尽的。

云当然不只有白的，正如人生一样，喜怒哀乐皆有。

千里黄云白日曛，北风吹雁雪纷纷。

莫愁前路无知己，天下谁人不识君？

——高适《别董大二首·其一》

董大是当时的一位超级音乐家——董庭兰，他的七弦琴技艺已经到了出神入化的境界。可七弦琴是一种非常古老的乐器，盛唐时期又非常流行西域音乐，所以听七弦琴的人已经寥寥无几了。董庭兰空有绝技，终因曲高和寡而知音难觅。这一次，吏部尚书房琯被贬，董庭兰作为他的门客，不得不离开长安，另谋生路。那年冬天，诗人高适与董庭兰在睢阳久别重逢，短暂的相聚后又要各奔前程。

"千里黄云白日曛，北风吹雁雪纷纷"，既是离别之景，又是离别之情。无边无际的乌云遮住了太阳的光芒，倔强的阳光要撕裂乌云的遮挡，于是乌云显出暗黄色，太阳黯淡无光。北风横吹，大雁盘旋，寒雪纷纷，几分苍茫，几分失意，几分荒凉。

黑云压城城欲摧，甲光向日金鳞开。

角声满天秋色里，塞上燕脂凝夜紫。

半卷红旗临易水，霜重鼓寒声不起。

报君黄金台上意，提携玉龙为君死。

——李贺《雁门太守行》

黑云一般指乌云，但这里不是。李贺虽生在局势已经衰微的中唐，但他的少年时代恰逢唐宪宗的削藩战争。热血少年面对卫国战争，好比钢铁面对磁石，是没有抵抗力的，他要跨上战马，他要奔赴疆场。因此，这里的"黑云"不是乌云，而是像乌云一样的战争的硝烟。

当然，纯粹描写乌云的诗句也有。比如崔道融的"坐看黑云衔猛雨，喷洒前山此独晴"，再比如苏轼的"黑云翻墨未遮山，白雨跳珠乱入船"。

"黄云"和"黑云"看起来就不妙，如果诗人的心情不好，连"彩云"都是坏的。

清代诗人纳兰性德也曾有过一段美好的婚姻，如苏轼夫妇，如李清照夫妇。但也如苏轼、李清照一样，他的爱妻在婚后第三年便撒手人寰，纳兰从此肝肠寸断。

> 惆怅彩云飞，碧落知何许？不见合欢花，空倚相思树。
> 总是别时情，那得分明语。判得最长宵，数尽厌厌雨。
>
> ——纳兰性德《生查子》

彩云转眼就在天空消逝，令人难免惆怅。

> 彩云易向秋空散，燕子怜长叹。几番离合总无因，赢得一回僝僽一回亲。
> 归鸿旧约霜前至，可寄香笺字？不如前事不思量，且枕红蕖敧侧看斜阳。
>
> ——纳兰性德《虞美人》

彩云何其美也，但总是那样轻易地就在空中消散。

| 5 |

现代诗人顾城也有一首《远和近》。

> 你
> 一会儿看我
> 一会儿看云
>
> 我觉得
> 你看我时很远
> 你看云时很近

明月不止在中秋

　　月亮是个大忙人。以李白为例，李白的生活几乎是离不开月亮的。他说"举杯邀明月，对影成三人"，月亮成了陪他喝酒、倾听他心事的朋友；他说"我寄愁心与明月，随风直到夜郎西"，月亮成了把他的思念和牵挂送到老朋友身边的快递小哥；他说"月出峨眉照沧海，与人万里长相随"，月亮又成了陪他游历天下的旅伴。

　　那么，当天上月亮又一次圆满时，也让它走进我们的生活吧。

| 1 |
当你思念朋友

　　　　杨花落尽子规啼，闻道龙标过五溪
　　　　我寄愁心与明月，随风直到夜郎西。

　　　　　　　　——李白《闻王昌龄左迁龙标遥有此寄》

那一年，盛唐诗人、同时也是李白的好友——王昌龄被贬了。龙标在哪儿呢？在今天的地图上已经找不到了，大概就是贵州省一个风景秀丽的古朴山村。李白听说此事，内心百感交集，于是作了这首诗。李白为什么要把他对朋友的担心和牵挂交给月亮呢？首先，明月即圆月，象征团圆，他渴望与老友团圆；其次，那一片皎洁的月光更是他与王昌龄之间崇高友谊的象征；当然，最重要的是，当他无法和朋友团圆，大概也只能共赏这一轮明月来寄托思念了。

如果你也在思念朋友，就把所有的牵挂说给月亮听吧。

| 2 |

当你思念爱人

今夜鄜州月，闺中只独看。

遥怜小儿女，未解忆长安。

香雾云鬟湿，清辉玉臂寒。

何时倚虚幌，双照泪痕干？

——杜甫《月夜》

那一年的中秋节，杜甫被"安史之乱"的叛军囚禁在长安城里，不能归家。望着小窗外的天空，月亮圆了，然而人却不能团圆。看着月亮，他想起了自己的妻子，想着此时此刻妻子只能在家中独望明月，忍受寂寞；想着孩子尚且年幼，无法分担母亲的苦楚；想着妻子在月光的照耀下一定更加美丽迷人，发鬓间香雾环绕，手臂也像美玉一样白皙；也想着什么时候才能团聚，与妻子诉说这月色中的思念。

如果你的爱人也不在身边，那就想想她在月光下迷人的样子吧。

| 3 |
当你思念家人

> 明月几时有？把酒问青天。不知天上宫阙，今夕是何年。我欲乘风归去，又恐琼楼玉宇，高处不胜寒。起舞弄清影，何似在人间！
>
> 转朱阁，低绮户，照无眠。不应有恨，何事长向别时圆？人有悲欢离合，月有阴晴圆缺，此事古难全。但愿人长久，千里共婵娟。
>
> ——苏轼《水调歌头》

苏轼的一生浮浮沉沉，辗转漂泊。那一年，他刚被调到杭州工作没多久，就又被贬到了山东密州。虽然官位又低了，但苏轼并没有不开心，因为此时他唯一的亲人——弟弟苏辙也在山东。他想，与弟弟分别了这么久，这回可以相聚了。

可是没想到，造化弄人，他还是没能和弟弟重逢。于是在这个月圆之夜，他先是悟到了一条哲理：月无长圆，人亦如此。后又把思念之情寄予月亮：只要我们都好好地活着，哪怕远隔千里，也可以共赏这一轮明月。你看，月亮照着你，也照着我，我们也算是团聚在这一片月光下。

如果你的亲人也在远方，那不妨与他"千里共婵娟"。

| 4 |

当你孤身漂泊

世事一场大梦，人生几度新凉？夜来风叶已鸣廊，看取眉头鬓上。

酒贱常愁客少，月明多被云妨。中秋谁与共孤光，把盏凄然北望。

——苏轼《西江月》

又是苏轼，又是中秋，这是一首适合羁旅漂泊之人的诗。我们刚才说了，苏轼的一生是漂泊的一生，他去过不知多少座城市，也不知在多少座城市看过月亮。

在中秋这个万家团圆的日子，不知有多少人孤身一人。想一想人生最长不过百年，再除去风雨，我们能经历多少次中秋月圆呢？如果月圆而人不得团圆，怕也只有与明月为伴了。

如果你也同苏轼一样，孤身一人对明月，不妨斟满酒，把盏相望。即便不是中秋节，每当月圆，孤身一人也与天上的明月不相称，比如李白。已经不惑之年的李白开始怀疑自己、怀疑人生，说好的理想呢？说好的抱负呢？说好的匡扶天下呢？难道就是整天为皇上和他的爱妃写诗吗？还有朝中那些道貌岸然的大臣，每个都是一副谄媚阿谀的嘴脸，心也黑暗凉薄，就要这样与他们周旋下去吗？

李白孤独透了，只好借酒消愁。可酒这东西，一个人喝往往越喝越愁。这时，他便想到了天上的明月。

花间一壶酒，独酌无相亲。

举杯邀明月，对影成三人。

月既不解饮，影徒随我身。

暂伴月将影，行乐须及春。

我歌月徘徊，我舞影零乱。

醒时同交欢，醉后各分散。

永结无情游，相期邈云汉。

——李白《月下独酌四首·其一》

如果你也像李白一样愁闷，那么不妨效仿李白，潇洒一点，与明月隔空对饮。

| 5 |
当你思考人生

春江潮水连海平，海上明月共潮生。

滟滟随波千万里，何处春江无月明。

江流宛转绕芳甸，月照花林皆似霰。

空里流霜不觉飞，汀上白沙看不见。

江天一色无纤尘，皎皎空中孤月轮。

江畔何人初见月？江月何年初照人？

人生代代无穷已，江月年年只相似。

不知江月待何人，但见长江送流水。

…………

——张若虚《春江花月夜》

张若虚的《春江花月夜》被誉为"孤篇盖全唐"是有他的道理的。这首诗里不单有情、有景，更有说不尽的宇宙与人生的哲理。处在江畔的人是何时第一次望见明月的？而这明月又是从何时开始照着江畔的人的？一代又一代的人，无穷无尽；江月啊，却多少年来未曾变过。月亮缺了，还会再圆回来，而逝去的时光无法追回。在无数个月缺月圆中，一代又一代人走过。我们是否更该珍惜时间、珍重生命、珍爱眼前这片月光呢？

如果你开始思考人生，千万别忘记张若虚的这首诗。

| 6 |

当你祝福未来

中秋月。月到中秋偏皎洁。偏皎洁，知他多少，阴晴圆缺。

阴晴圆缺都休说。且喜人间好时节。好时节。愿得年年，常见中秋月。

——徐有贞《中秋月》

这是月光之下最好的祝福。苏轼说"人有悲欢离合，月有阴晴圆缺"，是啊，没有谁的一生是完全顺遂的。月缺，我们就欣赏它的遗憾；月圆，我们就欣赏它的完美。正如人生，悲喜百年。悲欢离合，都随它去吧，我们能做的只有珍惜眼前。天上的月圆了，就是人间最好的时节。而我们最大的愿望，大概就是在下一次月圆、下一次中秋的时候，生命中仍然有彼此。

如果你正在为自己或亲朋好友祈祷，那就愿我们常见中秋月吧。

我们说了太多的圆月、明月，难道弦月就不美吗？当然美。

卢仝说："仙宫云箔卷，露出玉帘钩。"

汪藻说："新月娟娟，夜寒江静山衔斗。"

王沂孙说："最堪爱、一曲银钩小，宝帘挂秋冷。"

纳兰性德说："初八月，半镜上青霄。"

如果满月似美酒，弦月就仿佛清茶；如果满月似盛夏，弦月就仿佛早春；如果满月似大家闺秀，弦月就仿佛小家碧玉；如果满月似有情人终成眷属，弦月就仿佛人群中的回眸一笑。

丝丝细雨，缕缕诗意

我是不讨厌落雨的，即便它会带来潮湿、泥泞、堵车……

如果落雨恰逢休息日，那这种不讨厌就会变成喜欢。

雨天好睡眠。有一种人，例如我，睡意仿佛是个极害羞的小孩，一点点光亮或声音，都会让它跑得无影无踪。这种睡眠质量与休息日一点都不般配，日出而作，哪里是休息日应该有的状态呢？落雨便不一样了。没有一片窗帘可以像乌云那样完美地遮光，在这温柔的昏暗里，地球的自转已经丧失了对我的影响。而沙沙的雨声，科学上应该叫白噪音，据说跟子宫里的声音环境相似。我们常说婴儿般的睡眠，如果再好一点，那大概就是胎儿般的睡眠了吧。

雨天好悠闲。休息日有时候并不得休息，老妈一声令下，朋友一个电话，一篮脏衣、几双臭鞋，一天就这么忙忙碌碌地过去了，有时比上班还要累些。落雨便不一样了。老妈会心疼地说"没什么急事，下雨湿漉漉的，就别来了"；朋友会懒懒地说"没什么急事，下雨湿漉漉的，改天再约吧"；至于那些要洗要刷的衣物，反正洗了也没法晾，晾了也不会干，索性就不理它们了。悠闲自然而来。

雨天好下厨。忙碌的日子里，三餐都是将就的，闲下来了，总该精工细作讲究些。可越闲便越想闲，于是就犯了懒，手一挥，下馆子去了。落雨便不一样了。到底是不爱在这样湿漉漉的天气出门，五脏庙却该祭还得祭。终究是个休息日，总不能泡面了事，于是如何利用冰箱里现有的食材做一顿大餐，就成了最大的课题。已经记不清有多少道家庭创意新菜是在下雨天诞生的，而好的生活，恰好就在厨房的烟火气里。

当然了，雨天也适合读诗。

| 1 |

> 好雨知时节，当春乃发生。
> 随风潜入夜，润物细无声。
> 野径云俱黑，江船火独明。
> 晓看红湿处，花重锦官城。
>
> ——杜甫《春夜喜雨》

杜甫开篇便说这是一场"好"雨，那这场雨究竟好在哪里呢？

众所周知，杜甫一直牵挂着黎民苍生，哪怕是被大风掀了屋顶，他还是希望能拥有一座大房子给天下受苦受难的寒士住，那样的话，他自己挨冻也没有关系。

作这首诗的时候，杜甫已经来成都了。虽然日子过得并不太滋润，偶尔还有大风掀屋顶的时候，但起码远离了战乱，远离了政治旋涡，自己耕作也远离了饥饿，还算是安稳。但在来成都之前，杜甫经历了大旱。那是公元 759 年，杜甫担任华州司功参军，关中大旱，他目睹了无雨给百姓带来的毁灭般的伤害，为此还写下了《夏日叹》和《夏夜叹》咏叹民生疾苦。从那时候开始，雨就成了他的一桩心事。

两年后到成都，雨不再矜持，好像知道时节一样，在人们需要它的春天，纷纷落了下来。如果仅仅是适时，也不能说有多好，它还懂得默默与温柔。这样悄无声息的、温柔细致的雨，如果只是下一阵儿，还是有吊人胃口的嫌疑，不算憨厚，但通过浓厚的云判定，这场雨要足足下上一夜。这样的雨，叫人如何不爱呢？

那年我去成都，也是春天，也下了一场这样的好雨。第二天一早我便迫不及待地走出去，去看"花重锦官城"。

| 2 |

天街小雨润如酥，草色遥看近却无。

最是一年春好处，绝胜烟柳满皇都。

——韩愈《早春呈水部张十八员外二首·其一》

成都的雨好，长安城的雨也不差。不过一场雨好不好，与看雨的人也有很大关系。一个人的心情是好的，那么他眼中的一切都是好的。韩愈此时的心情就极好。

韩愈是"死"过一次的人。五十二岁那年，他因为谏迎佛骨一事险些被处以极刑。后经宰相裴度等人求情，才将死罪改成贬为潮州刺史。尽管免了死罪，但韩愈还是觉得自己活不长了，因此他作诗对他的侄孙韩湘说:"知汝远来应有意,好收吾骨瘴江边。"

但命运并未抛弃他,不但没有如他想象的那样悲惨,一年后,他还回了京,后来又升了官。又因为此时的韩愈早已成为文坛泰山北斗,虽年近花甲,却也春风得意。

我是不大喜欢雨天出门的,但韩愈认为应该走出去,因为不走出去又如何感受春雨的滋润呢?山野、小草、大道都感受到了它如酥油般的细腻,如果我们错过了,岂不是辜负了它的良苦用心?

也许韩愈是对的。对雨,我们除了去看、去听,还应该去感受。

| 3 |

莫听穿林打叶声,何妨吟啸且徐行。竹杖芒鞋轻胜马,谁怕?一蓑烟雨任平生。

料峭春风吹酒醒,微冷,山头斜照却相迎。回首向来萧瑟处,归去,也无风雨也无晴。

——苏轼《定风波》

韩愈确实是对的,要到雨中去感受雨,因为说不定在感受到雨的同时也感悟出了人生的道理。苏轼便有这样的经历。

尽管我很喜欢雨,但我也承认,雨的确会带来诸多不便,会使人狼狈,这也是我喜欢在屋子里赏雨,而不愿走入雨中的原因。但人生哪能尽如人意呢?人活一世,谁还没淋过几场雨?

这是苏轼因"乌台诗案"被贬到黄州的第三个年头,是他人生的低谷。春天的时候,苏轼与朋友出行,不承想途中春雨忽至,他便与雨有了这次亲密接触。

当同行的朋友都因为忽至的大雨而匆忙躲藏时，苏轼仍小步徐行，还边走边唱，并且建议身边的人也像他这样。是啊，雨已经落下来了，在这无人的山林里，躲又能躲到哪里去呢？同样是淋雨，吟啸徐行尚有几分潇洒，无用的躲藏只能陡增狼狈。再大的风雨也终会过去，当云销雨霁时回头看看，一切都成了风景，一切都不值一提。

| 4 |

> 少年听雨歌楼上，红烛昏罗帐。壮年听雨客舟中，江阔云低，断雁叫西风。
>
> 而今听雨僧庐下，鬓已星星也。悲欢离合总无情，一任阶前，点滴到天明。
>
> ——蒋捷《虞美人》

蒋捷的日子过得极苦，但他的词填得极美。他就是那个用"红了樱桃，绿了芭蕉"来写时光流逝的"樱桃进士"。只可惜，还没等他为这个国家做些什么，宋朝便走到了尽头。

大宋的江山一去不返，他自己的年华也一去不返，那些追不回的风景，那些忘不了的记忆，那些甩不掉的愁绪，终于在雨中交汇。

少年时的雨落在红楼上，有红烛相伴，有罗帐轻垂，是怎样一番"不识愁滋味"的醉生梦死啊！中年时的雨落在客舟中，有孤雁哀鸣，有西风萧瑟，正如人生颠沛，踽踽独行。暮年的雨落在僧庐下，一切皆空，只有两鬓星星。方参悟到，悲欢离合总是无情，人的一生便是听雨的一生。

5

昨夜雨疏风骤，浓睡不消残酒。试问卷帘人，却道海
棠依旧。知否，知否？应是绿肥红瘦。

——李清照《如梦令》

按理说，还处在少女时代且家境优渥的李清照是不该为一场
夜雨而忧愁的。她又没有两鬓星星的伤悲，也没有床头屋漏的凄惨。
但她还是忧愁了。她想借一场酩酊大醉来忽略这场风雨带来的恶果，
可是酩酊大醉她做到了，忽略却没做到。即便醒来时仍有酒力缠身，
她还是忍不住去问窗外的那树海棠花。

其实，得到什么样的答案已经不重要了，因为她的心里早有了
答案——经过这一夜的风雨，叶子一定更加茂盛，而花朵必然都会
凋零。是啊，春天走了。她想挡住风雨，她想扼住时间，她做不到。
就像每一个人都想留住自己的青春年华，但做不到。

如果可以穿越，我很想穿越到李清照独自饮酒的那一晚，陪她
喝一杯，与她聊聊窗外那催花开也催花败的雨，以及我们迟早要凋
谢的青春年华。

君问归期未有期，巴山夜雨涨秋池。
何当共剪西窗烛，却话巴山夜雨时。

——李商隐《夜雨寄北》

在文章的开头，有一点我忘了说，雨天好思念。有人觉得思念不是什么美好的事情，会因想见却不得见而生出坏的情绪。我不这样认为，我觉得思念很好。要不然可以去问李清照。李清照青年时有很长一段时间跟丈夫两地生活，因此填了不少表达思念的词，像"一种相思，两处闲愁"，像"莫道不消魂，帘卷西风，人比黄花瘦"。这种词乍一看很苦，其实很甜，甜就甜在世上还有一个人让你思念。晚年时，孀居的李清照一定会这样说。

如果没有发生后来的事情，李商隐的这首诗也很甜。这时的李商隐已经被政治斗争弄得遍体鳞伤，只好一个人躲到巴蜀之地做幕僚勉强过活。仕途惨淡，前程渺茫，茕茕孑立，在这个秋雨绵绵的夜晚，似乎只有想到深爱的妻子，他的内心才会有一点光亮。他还畅想着有朝一日回到妻子身边，跟她细说这个想她的雨夜。

这是微甜且温暖的。但事实上，李商隐写作这首诗时，他的妻子已经病故，几个月后，李商隐才得知消息。不敢想象在得知消息后，李商隐是如何面对这首诗的，又会如何回忆那个作诗的雨夜。一场雨，又突然变得冰冷刺骨。

之所以说雨天适合读诗，是因为有太多的诗是写雨的；之所以有那么多的诗是写雨的，归根结底，我想，还是因为雨本身就是诗意的。

某日，天气晴

不知道为什么，童年在我的记忆中留下的更多的是有关晴天的片段。比如那一年，我五六岁，小林也五六岁，我们两个人经常跑到胡同口的小卖部买橘子汽水。零花钱攒得不容易，汽水要尽量小口地喝，于是不起开瓶盖，只用钉子在瓶盖上钉个眼儿，细水长流。然后我们俩一只手牵在一起，另一只手举着汽水瓶，一边跑一边喝一边笑。那是一个晴天，阳光很炽烈，我们手中的橘子汽水就要蒸发了，胡同里弥漫着橙色的空气和橘子汁味道的阳光。

晴天是有魔力的，它会自动删除坏的经历，而留住美好的记忆，哪怕有些许忧伤，在晴天里，也是淡淡的、暖暖的。

| 1 |

深居俯夹城，春去夏犹清。

天意怜幽草，人间重晚晴。

并添高阁迥，微注小窗明。

越鸟巢干后，归飞体更轻。

——李商隐《晚晴》

对于李商隐来说，这个晴天极为难得，因为在他一生中似乎也没有几个晴天。从他十几岁拜令狐楚为师开始，他便卷入了一生也难以挣脱的"牛李党争"。期间，他进也不是，退也不是；结婚也不是，交友也不是。他的头顶上仿佛总有一片乌云，黑黢黢、阴暗暗的。会昌年间，李商隐的好友郑亚被贬至广西，并邀请李商隐做他的幕僚。虽然广西距京城有几千里远，但离繁华越远，离烦恼也就越远。李商隐去了广西，虽然在这之后还有更大的风浪等着他，但起码在这段时间里，他的日子过得云淡风轻、天晴日暖。

诗人往往喜欢在春天将要结束的时候伤感一下，比如晏殊说"无可奈何花落去"，比如辛弃疾说"更能消、几番风雨？匆匆春又归去"，比如李商隐说"东风无力百花残"。可是这一次，他并没有伤感，反而说春天走了，夏天也是爽朗清和的。尤其是在这个雨过初晴的傍晚，生在幽暗处饱受雨水浸淹的小草终于得到了上天的眷顾，看到了久违的日光。乌云消散，天地间显得格外开阔，小窗也因为夕阳的照耀比平时明亮了一些。越鸟的巢已被晒干，所以它们归巢时的身影看起来格外轻盈。

晴天于我们来说并不难得，但每个晴天都值得被珍惜，看一看青翠的草、窗棂的影子，以及轻盈的鸟。

天缺西南江面清，纤云不动小滩横。

墙头语鹊衣犹湿，楼外残雷气未平。

尽取微凉供稳睡，急搜奇句报新晴。

今宵绝胜无人共，卧看星河尽意明。

————陈与义《雨晴》

　　也许是凑巧，好事总在晴天发生，或者说晴天的时候总是更容易发生好事。陈与义出生在公元 1090 年，三十七年后，也就是他正值壮年时，北宋就灭亡了。在这三十七年中，他与北宋朝廷都不太容易发生什么好事。事实也的确如此，陈与义年少成名，二十四岁时登科入仕，但因无法施展才华，三年后辞官归乡。直到他三十几岁时，他的诗才始被宋徽宗发现，得到器重。如诗中所写，陈与义终于等到了他的晴天。

　　与李商隐的雨后新晴不同，陈与义的晴天是一点一点到来的。先是在西南角露出一小块蓝天，江水逐渐平静。接下来白云登场，由于风力减弱，云影倒映在江中，犹如一座不动的小岛。喜鹊的羽毛还带着湿气，楼外远处还有残余的雷声，这说明天还没有彻底放晴。但种种迹象表明，风雨不会再回来了，所以诗人的心情格外好。他要趁着这将晴未晴的时候做两件事：睡觉，抓住雨后短暂的凉爽；作诗，迎接马上到来的晴朗。等他攒足了精神再次醒来，早已是满天繁星、银河流动。面对这样绝美的景色，他当然希望能有人共赏，但即便没有，也要一个人卧看星河直到天明。

　　在晴朗的夜晚数星星是一件特别诗意的事。

雨后的晴天格外爽朗清新，那么雪后的呢？

只知逐胜忽忘寒，小立春风夕照间。
最爱东山晴后雪，软红光里涌银山。

群山雪不到新晴，多作泥融少作冰。
最爱东山晴后雪，却愁宜看不宜登。
——杨万里《雪后晚晴四山皆青惟东山全白赋最爱东山
晴后雪二绝句》

很有意思的两首诗。首先，如此长的题目便不多见。很多人读诗不看诗题，但我尤喜研究题目。有些诗如果能把诗题看懂，诗意也就看懂了一半。而越长的诗题，透露给我们的信息也就越多，比如这里的"晚晴"。综合之前的两首诗来看，其实都是晚晴，但李商隐强调了"晚"，杨万里强调了"晚"，陈与义没有强调"晚"，而是强调了"新"。这与他们的年纪有直接关系。陈与义作诗时正值壮年，又逢得皇帝器重，所以当然是"新"晴。杨万里此时已经历太多沧桑，为国家建言献策一生，浮浮沉沉，终于可以按照自己的意愿过安宁的日子了，所以是晚来晴。

"四山皆青惟东山全白"，更是难得的景色。就如同我们喜欢梅花，它是万物萧条中的一枝独秀，所以格外珍贵。现在大地回春，周围群山都已披上了青绿色，那东山上的一片白雪便成了稀罕之物。

其次，这组诗的有趣之处在于，两首诗里有相同的句子，而且这句诗还出现在了诗题之中。这句诗既说出了诗人热爱的程度，也点明了诗人热爱的对象，是晴后的雪景。

两首诗中，都已结句最妙。"软红光里涌银山"，一个"软"字道出了夕阳的柔和与温淡，像一双慈祥的手在抚摸世间的一切。这种柔和与温淡大概就是杨万里此时的心境。但"涌"就不一样了，它是带着意气的。也许我们可以这样理解：哪怕是白了头，也要活得有些气势。

"却愁宜看不宜登"也妙。当发现美好的东西，我们都想尽可能地亲近。有些事物，比如晴后的雪山，一旦亲近，一片洁白便会变成一片泥泞，美好就会消失，所以诗人犯了愁。忧愁之后呢？当时获得了一个道理：美好之所以美好，是因为存在一定的审美距离。

| 4 |

有雨后的晴、雪后的晴，当然也有大幕一拉开就是风和日暖的晴好天气。

> 梅子黄时日日晴，小溪泛尽却山行。
> 绿阴不减来时路，添得黄鹂四五声。
>
> ——曾几《三衢道中》

对我们来说，曾几略陌生一些，但他的学生我们熟悉得很，是大名鼎鼎的陆游。能做陆游的老师，可见这位曾先生的才华斐然。

提到"梅子黄时"，我们更容易想起"黄梅时节家家雨"，是啊，这个时节的江南往往细雨连绵，因此这一年的"日日晴"才显得很与众不同，大概江南人自己也不曾看过仲夏的晴天。好天气又容易带来好心情，心情越好，兴致就越浓，以至于小舟泛至溪水的尽头时诗人的玩兴仍不减，又开始一段山路。一路上，又有艳阳高照，又有绿树荫浓，这和雨天的景致完全不同，黄鹂鸟也出来为景致增色，几声啼鸣让这个晴朗的夏日更显宜人。

还有杨万里的《小池》。

> 泉眼无声惜细流，树阴照水爱晴柔。
> 小荷才露尖尖角，早有蜻蜓立上头。

我相信杨万里是一个温柔的人，阳光在他的笔下总是暖暖的，而且不那么刺眼，夕阳如此，正午亦然。这首诗在写小池，也是在写晴朗的、柔的初夏。因为舍不得流淌而细细的、无声的泉水，平静地倒映着天空和树影的池塘，娇羞的荷花，灵动的蜻蜓，都因这一天的晴朗而分外美丽。如果是雨天，泉水会变得湍急，池塘也不再平静，荷花会因为风雨而不安，蜻蜓也不可能自在飞落。所以晴天很美，美在安宁，美在静谧。

| 5 |

就连风，在晴天也是讨喜的样子。

> 青苔满地初晴后，绿树无人昼梦余。
> 惟有南风旧相识，偷开门户又翻书。
>
> ——刘攽《新晴》

"昼梦"应该是午睡，诗人刘攽午睡醒来，看到窗外细雨已经停歇，绿树幽深，青苔满地，一种复杂的感情油然而生。一方面，雨后新晴让他欣喜；另一方面，又因此刻的寂静而感到寂寞。而就在这时，一缕南风不请自来，仿若他的一个老朋友。为什么说是老朋友呢？随意进出又毫无拘束，不是老朋友又是谁呢？与他同样喜欢诗书，不是老朋友又是谁呢？能猜透他的心意来陪伴他，不是老朋友又是谁呢？

清风徐来，好一个晴日。

> 石梁茅屋有弯碕，流水溅溅度两陂。
> 晴日暖风生麦气，绿阴幽草胜花时。
>
> ——王安石《初夏即事》

又是喜人的风。雨疏风骤的夜晚过后，李清照说"应是绿肥红瘦"，看来风是会伤花的。但晴天的风不会，不但不会，当阳光催促麦子成熟时，还懂得适时地将麦田的气息扩散开来，做阳光的助手，做丰收的使者。晴天的风，多么善解人意。

如此看来，晴天与忧愁是无关的，那些思念的、别离的、遗憾的、怅恨的情绪便无法在晴天抒怀。谁说的？

> 江城如画里，山晚望晴空。
> 两水夹明镜，双桥落彩虹。
> 人烟寒橘柚，秋色老梧桐。
> 谁念北楼上，临风怀谢公。

在这样一个晴朗的秋日傍晚，天空中就飘荡着李白愁苦的忧思。

那一场风吹不散的雾霾

此时此刻,我坐在窗前写作,目光所及的最远处是我家阳台的栏杆,栏杆之外,一片迷茫,突然想吟一首词:"独自莫凭栏,雾霾阑珊,聚时容易散时难。"

朋友圈也已经连续数天被雾霾刷屏了,各路大神使出浑身解数想要逃离雾霾的魔爪。当看到有一条是穿越回古代时,我笑了。

| 1 |

我所知道的最久远的一场雾霾,发生在两千多年前的春秋时期。

终风且霾,惠然肯来,莫往莫来,悠悠我思。

——《诗经·邶风·终风》

有人认为记录这场雾霾的人是卫国第三十任国君卫庄公的妻子吕姜；有人则认为，这既然是《国风》里的作品，那么作者当是民间妇女无疑。国后也好，民妇也罢，总之丈夫的冷漠、戏弄、暴力就如同眼前这场雾霾，久而不散，笼罩心头。

终日的疾风夹杂着尘霾，我在这风霾里看不到你的身影。你不来也不往，只留我在这一片迷茫中傻傻地盼。

从奴隶社会到封建社会，"男尊女卑"就是旋横在所有女子心中的一场霾，霾了几千年，没有光亮。

| 2 |

一千多年后的中唐，又爆发了大面积的霾污染。引起这场霾的，不是汽车尾气，不是供暖锅炉，不是工业烟囱，更不是因为气压低导致空气不流动使得空气中的微小颗粒聚集，而是一场叫"安史之乱"的战争。

历史总是惊人的相似。当年那场霾最严重的地方，也便是今天的京津冀地区。安禄山，一个会跳胡旋舞的少数民族艺术家，像小彩旗一样在宫廷宴会上转着圈。可他并不像小彩旗那样身姿轻盈，他飞舞起来憨态可掬，萌化了唐玄宗的心。什么胡虏，什么匈奴，通通不管，硬是让他挂了个三镇节度使的大头衔。再接下来，他便拥兵自重，发动叛乱，从他的老家河北一路杀到了都城长安，狼烟也就混着车马扬起的尘土成了当年的霾。

当这场霾扩散到长安城时，杜甫先是被困京城，后又从长安逃往四川，渴望天府之国能拥有清新的空气。然而，他还是失望了，他一路走，一路上尘霾不散，百姓生灵涂炭。

城尖径仄旌旆愁，独立缥缈之飞楼。
峡坼云霾龙虎卧，江清日抱鼋鼍游。

——杜甫《白帝城最高楼》

山城、小路，以及城楼上的旌旗都在暗自发愁，一座高高耸立的城楼傲然其间。云霾隔断了连绵的群山，虎卧龙藏，江面的波浪像一只巨龟在游动。

杜甫在四川飘零数载，霾也见怪不怪了。

白帝更声尽，阳台曙色分。
高峰寒上日，叠岭宿霾云。

——杜甫《晓望》

后来，杜甫又辗转到了湖北、湖南，那里终究不是家乡，就算拼了老命，也还是想要落叶归根。

水乡霾白屋，枫岸叠青岑。
郁郁冬炎瘴，濛濛雨滞淫。

——杜甫《风疾舟中伏枕书怀三十六韵奉呈湖南亲友》

这首诗写在杜甫从长沙去往岳阳的路上，据说是杜甫的绝笔诗。绝笔？霾？我的神呀！

唐朝的这场霾，淹没了杜甫，也埋葬了杨贵妃。时隔多年之后，白居易还是不禁想起了那年雾霾弥漫的长安城。

回头下望人寰处，不见长安见尘雾。

——白居易《长恨歌》

| 3 |

　　时间来到了宋朝，京城里再一次雾霾渐起，以王安石为首的新党与以司马光为首的旧党就变法一事吵得朝堂之上尘土飞扬，最终王安石落败。王安石离开汴梁城时，身后是尘雾弥漫，眼前是烟波浩渺。

　　霾风摧万物，暴雨膏九州。
　　卉花何其多，天阙亦已稠。
　　白日不照见，乾坤莽悲愁。
　　时也独奈何，我歌无有求。

——王安石《霾风》

　　霾风席卷了万物，暴雨淹没了九州，看不见青天白日，乾坤江山满是哀愁。这一场霾太大了，大到王安石都忘记自己曾经说过"不畏浮云遮望眼"。

　　但我相信，在王安石的心里一定还回荡着一首歌——吹啊吹啊我的骄傲放纵，吹啊吹不毁我纯净花园。

每一座城都是诗

相信我，真正认识一座城市，是从去吃最地道的早点开始的。

烹饪学校和整形医院是一路的，他们最大的本事就是任你千般姿态进去，出来时，都是同一副模样。全国人都把东坡肉做得炉火纯青了，杭州的东坡肉便没有了意义。还是得去吃顿早点，它藏着一座城市的气质。

比如我所在的北方，我敢打赌说，没有一个早点铺会卖甜豆腐脑，所以每次去南方城市，我都会点一碗甜味豆花。也许人生是苦的，所以甜味的敏感区在舌头的最前端，一入口，便有美妙滋味。像一次旅行，让人忘掉烦恼。

有一种人，大概永远不会成为我的挚友。是的，我并不喜欢那种无论何时何地何情何况都要操一口普通话与书面用语的人。据说央视播音员走出直播间后也是南腔北调的，乡音方言，是一个人的真性情。

任何一座城市，它一百年前的样子大概都已模糊不清，但它一千年前的腔调，一定还在。所以，对于一座城市，不仅要看，还要听。要听，还要会听，这样的腔调，不在饭店服务员的嘴里，不在出租车司机的嘴里，不在热情给你指路的路人嘴里，这样的腔调，往往在没有与你说话的人的嘴里。

比如那次去成都，我从武侯祠出来叫出租车去杜甫草堂，上了车正与司机师傅确定地点的时候，一个交警敲了敲车窗说："快走撒。"都没来得及看一眼那交警是否高大帅气，我们就一溜烟地跑掉了，但我学会了那句"快走撒"。

之后的一下午和一晚上，我都在不断地重复着"快走撒"。如果若干年后我得以与一位成都人交往，我想我必定会跟他说"快走撒"，来炫耀我与成都其实是旧相识。

如果名胜是一座城市的眼眸，那最普通的街道就是这座城市的胳肢窝。

这样的街道跟这个比喻一样不入流，不过得看你如何定义"流"。西汉时，曾把"儒"定为"流"，于是"墨、道、法"统统不入流了。后来，也就是庄、墨、韩非的文章也被选入中学课本的那天，西汉时的这个做法就显得不入流了。

不管入不入流，我还是要这样形容它，因为普通的街道里有一座城市最真实的温度和最原生的味道。这一点跟胳肢窝是一样的。这样的温度，或许是楼上阳台晾晒的衣物刚巧滴落一滴水在手背上的冰凉，或许是空调室外机里的浓浓热风吹在腿上的滚烫。至于味道，那大概就是从临街的窗子飘出的葱姜爆锅的味道，冲且呛，却也撩人。

这样的街道，的确不够漂亮，甚至毛茸茸的，但从另一角度看，这种毛茸茸，也正是它的性感所在。换句话说，如果你止于一个人的眼眸，那你终究只是匆匆过客；但如果你探索过一个人的胳肢窝，那证明你们已经拥有了彼此。我来一座城市，便是因为我的心里有它；我来一座城市，就希望它的心里有我。

当你已经认识了一座城市，了解了一座城市，想要跟它搭讪的时候，最好用一句诗。

| 1 |

关于杭州

> 东南形胜，三吴都会，钱塘自古繁华。烟柳画桥，风帘翠幕，参差十万人家。云树绕堤沙。怒涛卷霜雪，天堑无涯。市列珠玑，户盈罗绮，竞豪奢。
>
> 重湖叠巘清嘉。有三秋桂子，十里荷花。羌管弄晴，菱歌泛夜，嬉嬉钓叟莲娃。千骑拥高牙。乘醉听箫鼓，吟赏烟霞。异日图将好景，归去凤池夸。
>
> ——柳永《望海潮》

一座城市有多美呢？这个地处东南、三吴地区的大城市，自古以来以繁华著称。在如烟的绿柳、彩绘的桥梁、青翠的屏障中，绵延了十万人家。钱塘江畔，看苍翠的古树环绕这曲折的沙堤，看澎湃的潮水从玉山雪岭而来。集市上，看珠玉陈列；门户中，看绫罗摇曳。西湖和群山也是那样清秀，夏季有荷花映日，秋天有桂子飘香。在杭州，不仅有悦目的景色，更有悦耳的声音。悠扬的羌笛、欢快的菱歌，还有钓鱼老翁和采莲姑娘的嬉笑，无一处不飘荡着属于这个城市的美好。杭州，吟出来即是诗，记下来便是画。

宋人罗大经在他的《鹤林玉露》中说，柳永的这首词一直流传到北方，而"三秋桂子，十里荷花"的江南盛景让生长在塞北大地的金国国主也醉倒在无垠的旖旎中。再后来，金国起投鞭渡江之志，便有了"靖康之耻"，便有了大宋的倾颓。宋人谢处厚曾作诗道："谁把杭州曲子讴，荷花十里桂三秋。那知草木无情物，牵动长江万里愁。"把一场战争的起因归咎于一首词，似乎有些过了，但柳永笔下的杭州也确实妙到了绝处。

除了柳永，还有两位诗人与杭州城缘分颇深。一位是白居易，一位是苏轼。

白居易很有脾气。他是尝过贬谪滋味的人，按理说，被召回长安后会很"安分"。可是他没有。他在朝堂上提了一个建议没被采用——提意见不被采用是常事，何况是在他所处的中唐时期，但是他很生气，然后一气之下主动请求外调，与杭州结下了一段缘分。

孤山寺北贾亭西，水面初平云脚低。

几处早莺争暖树，谁家新燕啄春泥。

乱花渐欲迷人眼，浅草才能没马蹄。

最爱湖东行不足，绿杨阴里白沙堤。

——白居易《钱塘湖春行》

早春时节，白大人近水楼台先得月，开始了一次说走就走的西湖之旅。早莺和新燕是早春的象征，鸟儿们才出来筑巢觅食，余寒未尽，都争着落在向阳的树上。"渐"和"才"用得更好，杂花将开未开，小草也仅仅能没过马蹄，没提早春，一切尽是早春。

西湖美，白居易笔下的西湖更美。

> 望海楼明照曙霞，护江堤白踏晴沙。
> 涛声夜入伍员庙，柳色春藏苏小家。
> 红袖织绫夸柿蒂，青旗沽酒趁梨花。
> 谁开湖寺西南路，草绿裙腰一道斜。
>
> ——白居易《杭州春望》

上一首中，白居易说他最喜欢"绿杨阴里白沙堤"，果然没错，这一回他登楼远眺，又一眼望到了江边的白沙堤。难怪他离开杭州之后，"白沙堤"都改名叫"白公堤"了。然而这一眼，除了白沙堤，他还望到了很多。

他望到了在钱塘江涛声中回荡的厚重的历史，他望到了勾栏瓦肆里传出的市井繁华，他望到了江南绣女的慧心巧手，他望到了梨花春酒飘在东风中的一缕醇香。杭州可真是美啊，连山间小路也婀娜得如美人的裙腰。

白居易杭州任满，离开之前，这样说：

> 湖上春来似画图，乱峰围绕水平铺。
> 松排山面千重翠，月点波心一颗珠。
> 碧毯线头抽早稻，青罗裙带展新蒲。
> 未能抛得杭州去，一半勾留是此湖。
>
> ——白居易《春题湖上》

春天到了，整个西湖看起来就像一幅画。三山围绕，绿水平铺。

山上的松树排出千行翠绿，一轮明月倒映在湖心，好似一颗明珠。早稻尚浅，像绿色的地毯抽出的线头；香蒲蔓延，是湖面上一条翠色的裙带。我真的离不开杭州，有一半是因为留恋西湖。

我瞬间想到了元稹的"半缘修道半缘君"。说得太全、太满，往往太假，好多事情，一半就够了。比如，最爱的人，他不是我的全部，但他是我的另一半。我舍不得离开杭州，理由万千，但有一半是因为西湖。

白居易一生去过很多地方，最令他难忘的仍是杭州，不然他不会在阔别数年后写下这样一首词：

> 江南忆，最忆是杭州。山寺月中寻桂子，郡亭枕上看潮头。何日更重游。
>
> ——白居易《忆江南》

苏轼与杭州的缘分更深。公元 1071 年，苏轼自请出京任杭州通判，可是没过多久，他先是调任密州，后又任命湖州，"乌台诗案"发，他又被贬黄州……兜兜转转，十八年后，他居然又到杭州做官了。苏轼一生两度为官杭州，留下的诗词更是不计其数，要说最有名，当数这一首：

> 水光潋滟晴方好，山色空濛雨亦奇。
> 欲把西湖比西子，淡妆浓抹总相宜。
>
> ——苏轼《饮湖上初晴后雨》

杭州人自己看西湖有些矫情，说晴湖不如雨湖，雨湖不如夜湖，夜湖不如雪湖。苏轼不这么认为，他觉得晴湖有晴湖的美，波光粼粼；雨湖有雨湖的奇，烟波浩渺。然后，西湖在他眼里就成了四大美女之一的西施，上妆或素颜，都一样漂亮。

黑云翻墨未遮山，白雨跳珠乱入船。

卷地风来忽吹散，望湖楼下水如天。

——苏轼《六月二十七日望湖楼醉书·其一》

放生鱼鳖逐人来，无主荷花到处开。

水枕能令山俯仰，风船解与月徘徊。

——苏轼《六月二十七日望湖楼醉书·其二》

乌菱白芡不论钱，乱系青菰裹绿盘。

忽忆尝新会灵观，滞留江海得加餐。

——苏轼《六月二十七日望湖楼醉书·其三》

献花游女木兰桡，细雨斜风湿翠翘。

无限芳洲生杜若，吴儿不识楚辞招。

——苏轼《六月二十七日望湖楼醉书·其四》

未成小隐聊中隐，可得长闲胜暂闲。

我本无家更安往，故乡无此好湖山。

——苏轼《六月二十七日望湖楼醉书·其五》

一个人到底多有才华，才能在一天之内为同一片风景作诗五首而不雷同？一片风景到底有多美，才能让人在一天之内为它作诗五首而不雷同？苏轼和西湖就是这样的。

| 2 |

关于南京

> 风吹柳花满店香，吴姬压酒劝客尝。
>
> 金陵子弟来相送，欲行不行各尽觞。
>
> 请君试问东流水，别意与之谁短长？
>
> ——李白《金陵酒肆留别》

写这首诗时，李白还很年轻，他走出家乡四川，立志要访遍名山大川，要报效祖国，还要当个神仙。不得不说，他想多了。这一点，后来他自己也发现了，但当时他还沉浸在自己的远大理想、如画般的山山水水，以及一次又一次的相逢与惜别当中。

暮春时节，风飘柳絮，使小小的酒店里香飘四溢。等等，柳絮有香味吗？当然没有。那李白怎么嗅到了香味？我想，一是因南京的美景与盛情，二是因小店的美酒。这不，老板娘正邀他品尝新酿的美酒。南京当地的朋友纷纷前来饯别，朋友们恋恋不舍，李白欲走还留，个个饮尽了杯中之酒。暮春的景致、吴姬的美酒、朋友的情谊，让李白醉了，他顺手一指酒店对面的长江说："你们去问问那东流的江水，我离别的情思和它比起来，谁更长？"

李白，不是什么东西都要比长短的，比如你这首诗，只有六句，很短，但是妙极。

妾发初覆额，折花门前剧。

郎骑竹马来，绕床弄青梅。

同居长干里，两小无嫌猜。

…………

——李白《长干行》

说到李白诗中留下来的佳话，没有比"青梅竹马"和"两小无猜"更加脍炙人口的了。当时，李白刚来到南京不久，有一天闲游到长干里，也就是南京船民聚集的地方，他感受到了船家生活，便写了两首《长干行》。

李白是月亮和酒的代言人，其实，他也很喜欢为女性代言。他一生写过很多闺怨诗，真可谓妇女之友了。这一首就是在抒发船家女子的感情。这是一首很长的诗，表达了船夫出行之后，船家女在家思念、守望、担心的感情。

凤凰台上凤凰游，凤去台空江自流。

吴宫花草埋幽径，晋代衣冠成古丘。

三山半落青天外，二水中分白鹭洲。

总为浮云能蔽日，长安不见使人愁。

——李白《登金陵凤凰台》

李白写这首诗的时候，已经在长安尝过了世事艰辛，又被"赐金放还"。凤凰山上的凤凰早已不在，只有长江无情东流。昔日吴国繁华的宫廷已经荒芜，晋代的风流人物也早已进入坟墓，但金陵城依旧是美的。渺远的三山若隐若现，好像坐落在青天之外；白鹭洲把江水分割成两条河流。尽管眼前的景色如此美好，依然掩不住他望不到长安的哀愁。

> 朱雀桥边野草花，乌衣巷口夕阳斜。
> 旧时王谢堂前燕，飞入寻常百姓家。
>
> ——刘禹锡《乌衣巷》

公元 826 年，刘禹锡终于结束了贬谪生活，要返回洛阳开始他新的人生了。路经南京时，他作了这首诗。乌衣巷，南京城内的一条街。三国时期，吴国曾设军营于此，为禁军驻地。由于当时禁军身着黑色军服，所以此地俗称乌衣巷。东晋时，王导、谢安两大家族都居住在乌衣巷，人称其子弟为"乌衣郎"。可是到了唐朝，乌衣巷却沦为了废墟。

刘禹锡心情失落地来到了破败不堪的乌衣巷，一时间，身世的坎坷、国运的沉沦、世事的沧桑，都浮上心头。当年人迹鼎盛的朱雀桥，如今长满了野草野花，乌衣巷口也只能看见一轮斜阳西下。从前在王谢大堂前筑巢的燕子，如今再来，飞进的却是平常百姓人家。朱雀桥没变，风光却变了；夕阳没变，乌衣巷却变了；燕子没变，筑巢的人家却变了。

> 烟笼寒水月笼沙，夜泊秦淮近酒家。
> 商女不知亡国恨，隔江犹唱《后庭花》。
>
> ——杜牧《泊秦淮》

等到了杜牧所在的晚唐，金陵城看起来还是那样繁华，但也是那样不堪。

杜牧从水路沿着秦淮河来到南京。首先映入眼帘的，是月、水、烟、沙被"笼"在一起的美妙景象。来不及欣赏，一切自然的美景就被灯红酒绿的酒家覆盖了。诗的重点在后两句，后两句的重点又在"商女""恨"和"后庭花"这三个词上。商女即歌女，歌女不知道亡国之恨，还在酒家里唱着《玉树后庭花》这样的靡靡之音。

那么，《玉树后庭花》怎么就成了靡靡之音呢？当然有典故。南朝的陈后主——陈叔宝是一个酷爱音乐的皇帝，每天把大量的时间用在了填词作曲上，他一生最得意的作品就叫《玉树后庭花》。终于在一片歌乐之声中，陈朝完了，于是人们就说《玉树后庭花》是亡国之音。

这首诗看似是杜牧在谴责商女不知道国家危亡，还在唱亡国之音，实则国家危亡又岂是一个商女可以挽救的？杜牧难道不懂这个道理？他当然懂得，他真正恨的人，我知道，你也知道。

> 江雨霏霏江草齐，六朝如梦鸟空啼。
>
> 无情最是台城柳，依旧烟笼十里堤。
>
> ——韦庄《台城》

台城，也称苑城，在今南京市鸡鸣山南。从东晋到南朝结束，这里一直是朝廷和皇宫所在地。这首诗诞生的时候，唐王朝已处于末年，大厦将颓，回天乏术。韦庄客游南京，感慨世事凋零。

江南美景如旧，并没有因为这个朝代的没落而暗淡，烟雨蒙蒙，绿草如茵，总是一副盎然的样子。然而美景背后，六朝先后衰亡，往事如梦，灰飞烟灭。再细听那林中的鸟叫，那么哀婉伤心。鸟有心，但柳无情，不管兴衰，只顾着笼罩十里长堤。

唉，景物依旧，但人世沧桑，杨柳无情人有恨。

多少恨，昨夜梦魂中。

还似旧时游上苑，车如流水马如龙。

花月正春风。

——李煜《望江南》

要说对南京有感情，谁也比不过李煜。南京是他的，哦不，整个南唐都是他的，南京是他的首都。然而，就在公元975年，赵匡胤的兵马杀到了南京，李煜出降，南唐这个国没了，南京这座城也归了别人。

多少恨？谁知道有多少恨，谁能理解一个帝王沦为阶下囚之后对他的故国、他的江山、他的臣民会有多少恨呢？这些恨，都只在昨夜的一场梦中。在梦里，还和从前一样，前呼后拥地游玩上苑，车如流水马如龙，鲜花和明月都在春风得意时。然而一睁眼，用宋时苏轼的一句话来形容，就是"世事一场大梦，人生几度秋凉"。

就算供帝王游玩的上苑已经不在了，南京城一定还是车如流水马如龙。

登临送目，正故国晚秋，天气初肃。千里澄江似练，翠峰如簇。征帆去棹残阳里，背西风酒旗斜矗。彩舟云淡，星河鹭起，画图难足。

念往昔，繁华竞逐，叹门外楼头，悲恨相续。千古凭高对此，谩嗟荣辱。六朝旧事随流水，但寒烟衰草凝绿。

至今商女，时时犹唱，《后庭》遗曲。

——王安石《桂枝香》

王安石一生做过两次江宁（南京）知府，这里可算是他的第二故乡。第一次是在他当宰相前，第二次是在他当宰相后。这首词是填在第一次还是第二次，没有定论，但个人觉得是在第二次。第一次的时候，他还是"不畏浮云遮望眼"的，还没那么多哀伤和忧愁。

登楼远望，金陵正是深秋，天气已变寒凉。澄江如练一句，化用了南朝谢朓的"澄江静如练"。江面上帆船往来穿梭，西风起，酒旗在小街飘扬。画船如同在淡云中漂游，白鹭在银河里飞舞，妙笔也难以画出这样的画面。

接下来便是他的嗟叹，"悲"和"愁"都因融进了他的情绪，我们只消记得那个"画图难成"的金陵就好。

| 3 |

关于西安

在大唐，每个人心中都有一个长安。在长安，每个人心中都有一派风景。

按照"城南韦杜，去天尺五"的说法，杜甫的家族应该是生活在长安的，但事实并不是这样。起码，他的祖父杜审言就生于湖北襄阳，长于河南巩县，又长期在洛阳任职，所以杜审言对长安没有什么感情。某年春季，杜审言伴武则天驾前往长安，眼前虽有京城盛景，但他心里格外挂牵远在洛阳的亲友，以至于上林苑里的花、细柳营前的叶也失了几分姿色，于是他吟咏出这样的诗句：

今年游寓独游秦，愁思看春不当春。

上林苑里花徒发，细柳营前叶漫新。

公子南桥应尽兴，将军西第几留宾。

寄语洛城风日道，明年春色倍还人。

——杜审言《春日京中有怀》

王维十七岁时写下"独在异乡为异客"，可见他十七岁时就已经在外漂泊了。漂泊在哪儿？王维的家乡在山西蒲州，他说"山东兄弟"，此山应为华山。如果兄弟在山以东，那么他便在山的西面，是长安城无疑了。十七岁的少年，打马长安，该是何等豪迈呢？他眼中的长安又该是怎样充满着魅力呢？

新丰美酒斗十千，咸阳游侠多少年。

相逢意气为君饮，系马高楼垂柳边。

——王维《少年行》

新丰的美酒，咸阳的游侠，相逢的意气，林立的高楼，好一个长安城。

刘禹锡年轻的时候也算是长安城里叱咤风云的人物。十九岁游学长安，一跃成为士林中的佼佼者。二十二岁及第登科，做了太子府上的红人。之后太子登基，锐意改革，刘禹锡又是革新集团的核心人物。可是再后来，新帝病退，改革终止，革新集团的所有成员，被杀的被杀，被贬的被贬，刘禹锡亦未逃脱。十年后他回到京城，反对革新的小人变成了权贵，又得趋炎附势者无数。恰逢春天，这些权贵有如夺目的桃花争相拜访，于是刘禹锡作了这样一首诗：

　　　　紫陌红尘拂面来，无人不道看花回。

　　　　玄都观里桃千树，尽是刘郎去后栽。

　　　　——刘禹锡《元和十年自朗州至京，戏赠看花诸君子》

　　乐游原是唐长安城的最高点，也是长安人游玩的好去处。但到了李商隐所在的晚唐，国运衰微，来玩乐的人少了，来抒怀的人多了。李商隐要抒发些什么呢？他可能要埋怨这个时代，不给他半点施展才华的机会；他可能要怒斥朋党之争，因为他的人生已经被这不正之风吹得七零八落。可是埋怨时代便等于埋怨朝廷，他不敢；怒斥朋党之争就等于批判自己的恩师和岳父，他不能，所以他只好哀叹黄昏。

　　　　向晚意不适，驱车登古原；

　　　　夕阳无限好，只是近黄昏。

　　　　　　　　　　　　　　——李商隐《乐游原》

　　有春色里的长安。东风微雨之后，青山吐露出春色，连城中的小草也泛着春之闲情。长安城外，河流与原野交错纵横；长安城里，宫殿楼阁笼罩在落日余晖之中。在如此惬意的春景中，诗人卢纶还是忧愁，愁他无法亲近的家乡，愁他生逢乱世被埋没的才华，愁他已经斑白的双鬓。

　　　　东风吹雨过青山，却望千门草色闲。

家在梦中何日到，春生江上几人还。

川原缭绕浮云外，宫阙参差落照间。

谁念为儒逢世难，独将衰鬓客秦关。

——卢纶《长安春望》

有秋风里记忆中的长安。"安史之乱"爆发后，杜甫便离开长安，来到四川。他站在瞿塘峡口便想到了长安城中的曲江江头，想到了万里之外的长安城也正值素秋时节。从花萼楼到兴庆宫，这条路上曾经尽是帝王之气，可如今，曲江芙蓉园里也弥漫着本在边塞才会有的忧愁。曲江岸边宫殿林立，江中游船争流，天鹅白鸥时飞时落，回想这曾经最美的歌舞之地，杜甫不由得作了这首诗：

瞿塘峡口曲江头，万里风烟接素秋。

花萼夹城通御气，芙蓉小苑入边愁。

珠帘绣柱围黄鹄，锦缆牙墙起白鸥。

回首可怜歌舞地，秦中自古帝王州。

——杜甫《秋兴八首·其六》

还有得意人眼中的长安——"春风得意马蹄疾，一日看尽长安花"；还有失意人眼中的长安——"冲天香阵透长安，满城尽带黄金甲"；还有月色中的长安——"长安一片月，万户捣衣声"；还有落叶中的长安——"秋风生渭水，落叶满长安"。

新丰、南桥、上林苑、细柳营、玄都观、乐游原、曲江头、花萼楼，加之月色、秋风、浮云、落照……组成了一个真实而又梦幻的长安。最后，还是李白的那句诗——"长相思，在长安"。

关于成都

李白到底出生在哪里，至今仍没有定论，一般把剑南道绵州昌隆青莲乡，也就是今天的四川省绵阳江油市青莲镇定义为他的家乡。李白是个酷爱旅游的人，也是个梦想能成为神仙的人，于是他来到了成都。

> 日照锦城头，朝光散花楼。
>
> 金窗夹绣户，珠箔悬银钩。
>
> 飞梯绿云中，极目散我忧。
>
> 暮雨向三峡，春江绕双流。
>
> 今来一登望，如上九天游。
>
> ——李白《登锦城散花楼》

当一轮红日升起，整个成都都被镀上了一层金灿灿的颜色，而散花楼更是光彩夺目。华美的窗子，锦绣的门户，珠帘银钩，无不散发着璀璨的光芒。台阶仿佛直插云端，登高极目，望远消愁。日暮时分的潇潇细雨飘落到三峡，春日里江水漫漫环绕着双流。今天我登上散花楼眺望成都城，仿佛游于九天之外了。

成都有多美？李白说，大概就是仙境吧。

一个是如仙家下凡的人，一个是美如仙境的城，后来，他们的命运就截然不同了。公元 755 年，"安史之乱"爆发；公元 756 年，安禄山杀进长安城，唐玄宗西巡，来到成都避难；到公元 757 年时，唐肃宗夺回长安，迎玄宗归还。因为唐玄宗曾经在此生活，所以成都从此又多了一个头衔——南京。"安史之乱"同样影响了李白，但是不好的影响。李白在战乱期间加入了永王李璘的队伍，想要实现建功报国的理想。可是后来永王擅自引兵东巡，导致失败，李白因此先是入狱，再被判流放夜郎。此时，李白又想起了成都，又为它写下一组诗：

> 九天开出一成都，万户千门入画图。
> 草树云山如锦绣，秦川得及此间无。
> ——李白《上皇西巡南京歌·其二》

> 濯锦清江万里流，云帆龙舸下扬州。
> 北地虽夸上林苑，南京还有散花楼。
> ——李白《上皇西巡南京歌·其六》

> 水绿天青不起尘，风光和暖胜三秦。
> 万国烟花随玉辇，西来添作锦江春。
> ——李白《上皇西巡南京歌·其九》

一入成都便像推开了九天仙界的大门，千门万户仿若图画一般。这里的草、树、云、山如同华美的锦绣，长安城能和这里相比吗？

濯锦江万里流长，龙船从这里出发可直达扬州。长安虽有上林苑富丽堂皇，成都亦有散花楼美轮美奂。

碧绿的江水，湛蓝的天空，烽烟俱净。风和日暖，远胜三秦大地。一路上烟柳繁花随御驾而来，都为锦江增添春色。

李白这一组诗里当然有怒气和怨气，他不再是二十几岁时那个潇洒飘逸的少年，成都也有了它新的历史意义，但不变的仍然是成都的美。

　　中唐诗人张籍也去过成都。

　　与李白喜放眼于九天万里之外不同，张籍笔下的成都更真实，更亲切，更贴近生活。

> 锦江近西烟水绿，新雨山头荔枝熟。
> 万里桥边多酒家，游人爱向谁家宿？
>
> 　　　　　　　　　　——张籍《成都曲》

　　锦江流经成都南郊，江南为郊野，江北为市区，所以站在江畔沿江西望就会看到一片烟波浩渺，碧波荡漾。转过头来向山上望去，新雨过后枝叶更加青翠，而已经成熟的荔枝就像一颗颗红色的宝石挂满山头。万里桥边的酒店一家挨着一家，远道来的游客该向谁家投宿呢？

　　大到浩瀚而来的锦江，小到雨后山头的荔枝，名胜如万里桥，市井如遍布的酒家，这是一个有温度、有生气的成都。

　　白居易对刘禹锡说："亦知合被才名折，二十三年折太多。"的确，中唐之后，藩镇割据、宦官掌权、朋党之争，都有愈演愈烈的趋势，而真正有才学的仁人志士往往屈居下僚，甚至被贬谪外放。刘禹锡就是这样。虽然贬谪有千般苦楚，但这些诗人文学成就的高峰正是耸立在人生的低谷中。如果还有好处，要我说，就是日子虽然过得苦些，但他们也欣赏到了朝堂之上没有的风景。

濯锦江边两岸花，春风吹浪正淘沙。

女郎剪下鸳鸯锦，将向中流匹晚霞。

——刘禹锡《浪淘沙九首·其五》

既有风景，又有风俗，更有风情，是刘禹锡诗歌的一大特点。濯锦江畔的繁花、江面的春风，以及波浪淘沙，可以说，这些景色"前人之述备矣"。刘禹锡这首诗的精妙之处在于，他把目光投向了岸边的织女以及她们手中如晚霞般艳丽的蜀锦。谯周《益州志》中记载，成都的织锦织成后要先到江中洗涤一番，这样花纹会更加分明，比刚刚织成时要漂亮，在其他水中洗涤则没有这种效果。因此，这种织锦也叫濯锦，这条江水也便叫濯锦江。

你看，如果没有岸边的织女，没有绚丽的织锦，这条江也只是空空流水。所有风景的精髓都是与之相得益彰的人。

其实，要说起与成都缘分最深的诗人，我想当数杜甫。杜甫不是成都人，成都也不曾是他的理想，但杜甫与成都之间，用时髦的话说，大概是存在着量子纠缠。可以说，他人生的十分之一是在成都度过的。

那么成都在杜甫的眼中是什么样子的呢？

"随风潜入夜，润物细无声"，这是成都的雨；"两个黄鹂鸣翠柳，一行白鹭上青天""泥融飞燕子，沙煖睡鸳鸯"，这是成都的鸟；"桃花一簇开无主，可爱深红爱浅红"，这是成都的花；"丞相祠堂何处寻，锦官城外柏森森"，这是成都的古迹；"锦城丝管日纷纷，半入江风半入云"，这是成都的曲；"花径不曾缘客扫，蓬门今始为君开""老妻画纸为棋局，稚子敲针作钓钩"，这是他在成都的生活……

这世上有两个成都，一个在你的眼中或者心中，一个在杜甫的诗里。

有人以李白的诗作为根据做过统计，说李白一生到过十八个省市自治区、二百零六个州县，登过八十多座山，涉过六十多条江河溪川。事实上，不止李白，那个时代的诗人几乎都是旅行家，他们或寻求功名，或游宦做官，或贬谪颠沛，或求道访友，每一个足迹都曾留下诗卷。

如果你去洛阳，请记得"洛阳城东桃李花，飞来飞去落谁家""玉楼金阙慵归去，且插梅花醉洛阳"。

如果你去襄阳，请记得"襄阳好风日，留醉与山翁""汉水临襄阳，花开大堤暖"。

如果你去咸阳，请记得"咸阳桥上雨如悬，万点空濛隔钓船""渭城朝雨浥轻尘，客舍青青柳色新"。

如果你去苏州，请记得"古宫闲地少，水港小桥多""姑苏城外寒山寺，夜半钟声到客船"。

如果你去扬州，请记得"天下三分明月夜，二分无赖是扬州""春风十里扬州路，卷上珠帘总不如"。

如果你去绍兴，请记得"会稽天下本无俦，任取苏杭作辈流""莫嗟虚老海壖西，天下风光数会稽"。

如果你去武汉，请记得"晴川历历汉阳树，芳草萋萋鹦鹉洲""黄鹤楼中吹玉笛，江城五月落梅花"。

⋯⋯⋯⋯

如果你要去一座城市，除了行李，别忘带上属于它的那首诗。

你与诗之间，只有一座桥的距离 |

　　桥是一个容易诞生故事的地方。

　　往上追溯两千三百年左右，在安徽凤阳的一座桥上，有两个辩论咖打起了口水战。甲说，你看鱼在水里游得多快乐！乙说，你咋不上天呢，你又不是鱼，哪里知道鱼是否快乐！甲又说，我不是鱼没错，可你也不是我啊，你怎么知道我不知道呢？乙又说，如果我不是你，那么你就不是鱼，呵呵。甲给了乙一个神秘的微笑，说你一开始问我什么来着？我哪里知道鱼的快乐？听好了，我像只鱼儿在你的荷塘，知道这件事情就在濠梁。濠，水名；梁，桥。这两个辩论咖就是庄子与惠子。

　　秦朝末年，在睢宁的桥上，一个谦逊有礼的年轻人帮一个看上去有些不可理喻的老人拾鞋、穿鞋，获得了老人"孺子可教也"的赞许。临别前，老人赠予年轻人一本书，叫《太公兵法》。年轻人读了此书，成了"运筹于帷幄之中，决胜于千里之外"的谋圣张良。

再后来，当阳桥上，豹头环眼的张飞让我们见识到了他"智"的一面；西湖的断桥上，白素贞和许仙的故事让多少人相信了爱情。还有外国的，滑铁卢桥上，陆军上尉克罗宁在休假中邂逅了芭蕾舞女郎玛拉……

不过，醒醒吧，以上这些故事看看就得了，我掐指一算，你遇到白素贞、玛拉、黄石老人的可能性基本为零。那么我们跟桥就这么擦肩而过了？当然不，我们可以在桥上吟一句诗。这样，桥还是那座桥，但意境就大不同了。

| 1 |

湖上朱桥响画轮，溶溶春水浸春云，碧琉璃滑净无尘。

当路游丝萦醉客，隔花啼鸟唤行人，日斜归去奈何春。

——欧阳修《浣溪沙》

这是热闹的、繁华的桥。

之所以说热闹、繁华，在于首句"朱""画"和"响"。何为朱桥？驿站外、旁边还开着梅花的断桥当然不是，小屋旁、下面流着溪水的小桥当然也不是。正所谓"朱门酒肉臭"，"朱"本来是红色的意思，但用在诗词里，多半是华丽的象征。所以，这桥不仅仅漆了朱红色的漆，还应该是当地水利工程方面的大手笔。

而"画"就更厉害了。我们都知道"雕梁画栋"是用来形容建筑美轮美奂的，如果是往车轮上绘画，那可绝不是如今贴张车贴那么简单。这样的豪车的车轮在朱桥上起伏作响，这桥是热闹、繁华的无疑了。

欧阳修虽然一生忙着诗文改革、提携后生，但终归不能二十四小时地奋斗，偶尔还是要风花雪月一下。作为当地知州，欧阳修也是驾着"画轮"前来赏春的游人中的一员。春水与春云遥相呼应，湖面仿如碧绿的翡翠，就连蛛网和鸟鸣也好像有了魔力，牵绊住游人的心。其实何须蛛网、鸟鸣，处于这样的美景里，谁愿离去呢？

如果你游兴正佳，又遇到了车水马龙的桥，就用这句"湖上朱桥响画轮"。

| 2 |

湿云不动溪桥冷。嫩寒初透东风影。桥下水声长。一枝和月香。

人怜花似旧。花比人应瘦。莫凭小栏干。夜深花正寒。

——苏轼《菩萨蛮》

这是冬天的桥。

想来，这是一个极其阴沉的冬日。云里的水分已经饱和，因此显得很重、很低，好像已经挪不动脚步了。在这样的天气里，不但人是压抑的，连溪水上的小桥也感到寒冷。微寒穿透东风而来，也在这小桥上留下身影。

难怪苏轼会写出这样的词句。因为新旧党派之争，苏轼一直在政治旋涡中沉浮。这些年，他遭遇了无辜被贬、被陷入狱、颠沛流离、中年丧子等人间惨事，在这样的境遇和心情下，走上这座小桥，又怎能不冷呢？

还好他是苏轼。即便生活不堪、小桥湿寒，仍能看到桥下流水、寒梅和月这样的景色。至于凭栏，大概是每个孤独的人的禁忌吧。

如果你在冬日里走上一座被浓云重雾笼罩的桥，那么吟诵"湿云不动溪桥冷。嫩寒初透东风影"便再合适不过了。

| 3 |

> 城上斜阳画角哀，沈园无复旧池台。
> 伤心桥下春波绿，曾是惊鸿照影来！
>
> ——陆游《沈园》

正如诗里所说，这是伤心的桥。

公元 1144 年，二十岁的陆游与母舅之女唐琬结为秦晋之好。两人既是一对浓情蜜意的小夫妻，又是品诗论文的好朋友。但陆游的母亲不喜欢这个儿媳，在她的干涉下，唐琬被逐出家门，寄寓在陆游秘密置办的一处院落。好景不长，这处世外桃源被陆母发现。之后，陆游另娶王氏，唐琬也嫁给了文人赵士程。

陆游赋闲在家时，到故乡的沈园排解郁闷，偶遇唐赵夫妇，之后不久，唐琬便郁郁而亡。七十五岁时，陆游还是放不下这段爱情，又来到沈园，并写下这首诗。

桥下又是一年春波荡漾，当年的情影如惊鸿飞来。

我并不希望你是伤心人，但如果真有伤心事，每一座桥都是伤心桥。

半烟半雨溪桥畔，渔翁醉着无人唤。疏懒意何长，春
风花草香。

江山如有待，此意陶潜解。问我去何之，君行到自知。

——黄庭坚《菩萨蛮》

先不说桥，这首先是一首有意思的词。第一，这是一首集句词。所谓集句词，就是词句并非作者原创，而是从前人的诗词中摘取、修改、拼凑而成。"疏懒意何长"出自杜甫的《西郊》，"春风花草香"出自杜甫的《绝句二首》，"江山如有待"出自杜甫的《后游》，"此意陶潜解"则出自杜甫的《可惜》。唯有首句和末句，是作者原创。

有意思的第二点是，在这首词问世的两年前，王安石也曾填过一首集句词，当时黄庭坚还嘲笑王安石的词是"百家衣"。也不知怎的，许是也觉得化前人的妙句为自己的新意是一件趣事，黄庭坚也填了一首集句词。

这座桥，美极了。一半是朦胧含蓄的薄雾，一半是淅沥如丝的细雨，薄雾与细雨混在一块，打湿了桥，也陶醉了人。溪边的渔翁就这样醉了，更惬意的是，没有人来叨扰他的好梦。

如果你的眼前也有桥、有雨、有垂钓的渔人，那不正是"半烟半雨溪桥畔，渔翁醉着无人唤"吗？

还有许多知名的桥。

比如陕西西安的灞桥。唐朝时，灞桥上设有驿站，凡送别亲友东去，一般都到灞桥后分手，并折下桥头柳枝相赠，这便是灞桥折柳的典故。关于灞桥的诗，李白的"秦楼月，年年柳色，霸陵伤别"应是最有名的。要是嫌这句不够冷门，还可以吟一句柳永的"参差烟树霸陵桥，风物尽前朝。衰杨古柳，几经攀折，憔悴楚宫腰"。

比如位于四川成都的万里桥。三国时，蜀相诸葛亮在这里设宴送费祎出使东吴，费祎叹曰："万里之行，始于此桥。"该桥由此而得名。如今，人们更多地叫它南门大桥。如果走到这里，吟一句张籍的"万里桥边多酒家，游人爱向谁家宿"，或者杜甫的"万里桥西一草堂，百花潭水即沧浪"，必是极好的。

还有南京的朱雀桥，小学生也知道那句"朱雀桥边野草花"，不过这句太过荒凉，不如"朱雀桥边看淮水，乌衣巷里问王家"。

还有扬州那不知是有二十四座桥，还是有一座叫"二十四桥"的桥，一直流传着杜牧那句"二十四桥明月夜，玉人何处教吹箫"。

还有两座著名的洛阳桥，一座在河南洛阳，更广为人知的名字叫天津桥，唐代诗人李益有诗说"那堪好风景，独上洛阳桥"；另一座在福建泉州，余光中先生在诗中写道：

刺桐花开了多少个春天？

东西塔还要对望多少年？

多少人走过了洛阳桥？

多少船开出了泉州湾？

四季如诗

春天一定要做的几件事

　　有一次，我跟闺蜜探讨青春。我问她青春是什么样子的，她说青春就是最俏丽的容颜、最单纯的心灵、最瑰丽的憧憬。我说这太空洞，具体点。

　　她说，有一次下晚自习，刚出校门不久，她的自行车就坏了，她只好推着走。当同学像鱼类洄游般从她身边涌过远去后，她发现有一个人也在推着车子走。两个人相视一笑，并肩走了一路。那天之后没多久，她就尝到了跟男生牵手的滋味。

　　男生是年级前十名的学生，她却是个学渣。如果一直保持这样的成绩，将来必然无法考入同一所大学。她说现在想想，那时候真是单纯，十五六岁的人居然还想着三年之后的事。反正他们俩是想了，觉得这是他们面临的最大障碍。障碍得清除啊，她不知道别人是什么样子，反正他们俩谈得最多的是学习。她拼了命地学，连她妈妈都觉得她像变了一个人，男生则把全部的关心和爱转化成了帮她补习功课的精力。三年下来，男生帮她改的错题本攒了厚厚的十几本。有心人天不负，他们俩果然考上了同一所大学，然后理所当然地在一起了。上大学之前，她把从小到大所有的课本都卖了，唯独没卖那十几本错题本，还带去了大学。

可是大一还没结束，他们俩就分手了。我很诧异地问她为什么，她很云淡风轻地说是男生变了心。她说分手那天她没哭也没闹，回到寝室翻出那十几本错题本，拎到学校后面的废品收购站卖了，她清楚地记得只卖了七毛钱。回来的路上，她紧紧地握着那七个一角的硬币，她知道自己握着的是整个青春。

她问我她的青春是不是很悲情，我说不，你拼过、爱过、乐过，也疼过，这已经很值了，真正悲情的青春是什么都没发生过。

我突然又想起春天。春天跟青春一样可爱、一样美好，也一样短暂。起码要做了这八件事，才算不负它。不然的话，眨眼之间，蚊虫就鸣给你听，梅子就黄给你看。

| 1 |

送别冬天

新年都未有芳华，二月初惊见草芽。
白雪却嫌春色晚，故穿庭树作飞花。

——韩愈《春雪》

对于如我这样纯粹的北方人来说，在春天里最先见到的往往不是桃李樱杏，而是雪。东北的雪有时候从十月份就开始下，一直下到来年的阳春三月。记忆中，有一年四月份还飘过雪花，虽然不大，却也夺了春花的风情。

韩愈也是北方人，他该跟我一样，了解北方的春季。可是韩愈也是去过潮州的人。我不知道像他这样的贬官能不能吃到潮汕美食，但我知道他一定见过岭南新年的繁花。所以回到京中，见新春都到了，却还光秃秃一片，他的内心不免焦急。然而，比韩愈更急的是雪。它看已是二月了，大地还只是露了一点点草芽，便迫不及待地纷纷扬扬而来，穿树飞花，自成一派"春色"。

这个春天，不妨从赏雪开始。

| 2 |
沐风

春风如贵客，一到便繁华。
来扫千山雪，归留万国花。

——袁枚《春风》

王之涣说"羌笛何须怨杨柳，春风不度玉门关"。西北边陲为何没有满城风絮？为何没有垂杨挂丝？因为那里没有春风。那么春天是谁带来的也便一目了然了，是春风。

袁枚是个把诗写进性情里的人。小小的青苔在他的笔下是那样坚韧，那样励志，而这一回的春风又如此博大。它如贵客一般，所到之处尽是繁华，一来一归，千山雪尽，万国花开。春风与春雪、春雨、春花、春草都不同，没有人看得到它，而我们能看到的一切，又都是它赐予的。

春风好得不得了。孟郊说"春风得意马蹄疾"，在春风里，万事顺意；杜牧说"春风十里扬州路"，春风堪比美人；白居易说"春风吹又生"，春风亦是新生。

走出门，如有一缕春风拂面，请记得袁枚这首小诗。

| 3 |

除尘·种植

> 茅檐长扫静无苔，花木成畦手自栽。
> 一水护田将绿绕，两山排闼送青来。
> ——王安石《书湖阴先生壁二首·其一》

这是王安石被二次罢相后闲居在金陵城外半山园时作的诗。但这诗并不是写于王安石家，题目说得很清楚，是写在湖阴先生家的墙壁上的。那么湖阴先生是谁呢？他是北宋年间的一位隐士，同时是王安石的好友兼邻居。这个人曾多次出现在王安石的诗文之中。

寒冬远去，湖阴先生把自己的茅屋檐下打扫得干干净净，又亲手种植了花草树木迎接春天。他不仅迎来了两山送来的春色，也迎来了老友王安石。

人生尘世，难免落尘。落了尘土不打扫，生命就要变得灰暗。春天是一年的开始，也是一切的希望，扫掉生活中和心灵上的尘土、垃圾，春光才能照进来。

春天是短暂的，如果想长久地留住它，可以种下一棵树。夏天，享受它的阴凉；秋天，品尝它的果实；冬天，和它一起积蓄力量；到来年的春天，就又多了一个旧相识。

| 4 |
踏青

天街小雨润如酥，草色遥看近却无。

最是一年春好处，绝胜烟柳满皇都。

——韩愈《早春呈水部张十八员外二首·其一》

此时的韩愈并不年轻了，所以当春天来时，他表现得比别人更激动、更欢欣。相形之下，只比韩愈大了两岁的张籍却对春天的到来表示麻木，用"官忙"和"身老大"作为理由，拒绝与韩愈一起去亲近春天。因而韩愈劝张籍说，现在正是小草刚刚钻出地面的时候，如果现在不去，转眼就是杨柳堆烟了。

大抵跟现在妈妈们的互勉是一样的：不要嫌抱孩子累，要珍惜孩子在你怀里的时光，等他长大了，就算你抱得动，也不让你抱了。春天不在钢筋水泥混凝土里，春天在郊外，而城居者未知之也。

| 5 |
咏柳

一树春风千万枝，嫩于金色软于丝。

永丰西角荒园里，尽日无人属阿谁？

——白居易《杨柳枝词》

如果问是谁第一个感知到春天的到来，我觉得非花非草，而是柳。茫茫塞北，哪怕已是二三月了，也照旧是冬天的样子，万物蛰伏。但柳树不是。田野里、小路边，如疮疥般的残雪尚存，花草没有半点动静，可是远远望去，柳树已透露出一丝丝带绿的嫩黄色。然而，等春天大张旗鼓地来了，柳树又成了最无人问津的那一株。

这株无人问津的柳树在白居易诗成之后，身价倍增。白居易走的人生的最后一步棋是辞去官职，寓居洛阳。那一日，白居易来到永丰坊西角的一座荒园，见园中有一株柳树和着春风起舞，千万枝条柔软曼妙。刚刚抽出的新芽，像金子般闪着光，照亮了春日。可是它生长在这座荒园里，没有人来欣赏它的风情。

一段时间后，这首绝句遍流京都，连皇帝也对那株柳树起了兴趣，一道旨意下来，取洛阳柳两枝植于宫廷。

春天来了，别冷落了那枝敏感的新柳。

| 6 |

赏花

> 道是梨花不是。道是杏花不是。白白与红红，别是东风情味。曾记。曾记。人在武陵微醉。
>
> ——严蕊《如梦令》

我们都会以什么为由头设一场宴席呢？多半是因为重要的日子。而古人不是。南宋某年的春天，台州刺史唐仲友仅仅因为园中一株红白双色的桃花开了，便设酒席宴请好友，赏玩桃花。严蕊是一位女词人，才华颇受唐仲友赏识，所以这次赏花之宴上也有她的身影。

> 江深竹静两三家，多事红花映白花。

报答春光知有处，应须美酒送生涯。

黄师塔前江水东，春光懒困倚微风。
桃花一簇开无主，可爱深红爱浅红。

黄四娘家花满蹊，千朵万朵压枝低。
留连戏蝶时时舞，自在娇莺恰恰啼。

这三首诗有个共同的名字——《江畔独步寻花》。当然，这组诗共七首，而我独爱这三首。我就说杜甫是浪漫的，果不其然。这个五十多岁的老者，一旦沉浸在花事里，不输少女风情。

"桃花一簇开无主，可爱深红爱浅红。"什么大风大浪没见过、没经历过？当年被叛军所俘，也没能改变杜甫的志向和初心。可现在，他居然为是该喜欢颜色深一点的桃花还是颜色浅一点的桃花而发愁。

"戏蝶""娇莺""黄四娘"，如果不是早知道这组诗叫《江畔独步寻花》，我差点儿以为叫《粉红色的回忆》。杜甫，你浪漫得可以啊！

提及春花，我还喜欢李清照的那句"卖花担上，买得一枝春欲放"。如果说春天是一瞬间来到的，那一定是在花开的一瞬。

花朵是春天这出戏中的大女主，是春天最美丽的呈现，认认真真地欣赏一朵花，是春天里最浪漫的事。

| 7 |

放风筝

草长莺飞二月天，拂堤杨柳醉春烟。
儿童散学归来早，忙趁东风放纸鸢。

——高鼎《村居》

小时候不懂春天的意义，但仍然盼望春天到来，究其原因，大概就是因为可以放风筝。春风是春天的使者，风筝是春风的知己。

鸢是老鹰的意思。造物主欠人类一双翅膀，却给了人类聪明的头脑和灵巧的双手，人们便用纸糊成老鹰的模样，代替自己飞上天空。草长莺飞的二月天里，堤岸上的杨柳也沉醉在因回暖而弥漫的雾气中。小孩子们放了学便早早回家，趁着东风正劲放起风筝。

有人说现在有飞机了，人类可以亲自去翱翔。不，不，飞机里没有春风。不管什么年纪，只要你心中还有梦想，还是要去放一次风筝。

| 8 |

运动

宿妆残粉未明天，总立昭阳花树边。
寒食内人长白打，库中先散与金钱。

——王建《宫词》

王建作了一百首《宫词》，来描写后宫女子的生活。"寒食"即寒食节，为清明节的前一两天。"白打"是蹴鞠运动的别称，也就是踢足球。清明时节，连后宫的金枝玉叶们都要到绿茵场上练一练了，我们还等什么？

如果觉得球类运动实在操练不得，像李清照"蹴罢秋千，起来慵整纤纤手"那样荡一荡秋千，或者像白居易"最爱湖东行不足，绿杨阴里白沙堤"那样散散步，也是好的。

| 9 |
品茶

> 世味年来薄似纱，谁令骑马客京华？
> 小楼一夜听春雨，深巷明朝卖杏花。
> 矮纸斜行闲作草，晴窗细乳戏分茶。
> 素衣莫起风尘叹，犹及清明可到家。
>
> ——陆游《临安春雨初霁》

此时的陆游早已没有年轻时的意气，虽然他直到死都没有忘记匡复中原，但早已对懦弱黑暗的朝廷失去了信心。公元1186年，陆游又一次接到了朝廷的诏书，只好无奈入京。所以，这个春天，陆游没那么欢欣。然而，就在这百无聊赖的春日里，陆游还是做了两件事——铺开小纸，写写草书；在晴日窗前细细地煮水、沏泡、撇沫、品茶。

春天，一定要喝一壶春茶，让那一股青翠的气息慢慢地在唇齿间散开，涌入喉咙，然后流向全身。那一刻，仿佛身上有一股力量，像小草芽钻出土地的力量。这应该是我们与春天最最亲密的接触了。

读书

胜日寻芳泗水滨，无边光景一时新。

等闲识得东风面，万紫千红总是春。

——朱熹《春日》

这首诗不难理解，只一眼，就能看出这是一首描写春日景色的诗，因为题目叫《春日》。可这首诗，的的确确跟春日风景没什么关系。它说的是读书。朱熹作这首诗的时候，"泗水"已被金人所占，所以他不可能去"寻芳"。

"泗水"在这里指孔门，"寻芳"是追慕圣人之道，"光景"是心境，"东风"是教化，"万紫千红"是儒学的丰富多彩。

虽然陶行知先生说"春天不是读书天"，但是腹有诗书的人，一生总是青春，四季都是春日。

生活需要仪式感，春天也需要。品一品春茶，赏一赏春花，读读书，跑跑步，去郊外踏个青、放个风筝，回家来打扫打扫卫生、侍弄侍弄花草，才算不辜负春天的美好。

炎炎夏日里的纳凉诗

　　有一次，大夏天跟几个朋友吃火锅。

　　桌上菜品备齐，锅内红油翻滚，我朋友一边将一片雪花肥牛送进锅，一边感慨道："感谢威利斯·哈维兰·卡里尔，没有他，我哪能吃上这顿火锅啊！"

　　我们其余几人面面相觑，难道一会儿会来一个叫威利斯·哈维兰·卡里尔的人给我们结账？

　　朋友笑我们没文化，说这个威利斯是空调的发明者，要是没有他，谁敢在大夏天吃火锅啊！并且说他特别同情古人，没有空调，夏天得多难熬啊！

　　我连忙接过话茬儿，告诉他古人就不劳他同情了。首先，中国古代出现过四个小冰河期，以唐末至南宋这段小冰河期为例，太湖都结冰了，四川的荔枝也都冻死了，所以夏天也热不到哪里去。其次，就算夏天还是有些热，古人也有古人的办法。

柳外轻雷池上雨，雨声滴碎荷声。小楼西角断虹明。
阑干倚处，待得月华生。

燕子飞来窥画栋，玉钩垂下帘旌。凉波不动簟纹平。
水精双枕，傍有堕钗横。

——欧阳修《临江仙》

关于这首词，还有个略有些八卦的小故事。

欧阳修能成为大名鼎鼎的欧阳修，首先要感谢两个人。一位叫胥偃。欧阳修两次落榜后，胥偃保举他应试国子监，他才得以取得佳绩。另一位叫钱惟演。钱惟演是"西昆体"的骨干诗人，对有文采的后生青睐有加。钱惟演晚年时为西京（洛阳）留守，刚巧欧阳修入仕后被派到他的手下做幕僚。

这位钱大人对欧阳修喜欢得不得了。喜欢到什么程度呢？据说他甚至不给欧阳修分配工作，供着欧阳修游山玩水，寻找灵感，搞文学创作。

游玩中，欧阳修结识了一位颇有才情和姿色的歌女，两人相亲相好，甜蜜且腻歪。有一次，他们约会时，刚好赶上钱惟演宴请，欧阳修迟迟不到，几个朋友都有些不耐烦了。过了一阵子，两人来了，朋友不好说欧阳修什么，只好责问歌女为什么来迟。歌女说夏日午睡，醒来发现头上的金钗不见了，找了许久也没找到，这才来迟。钱惟演说，如果欧阳修能当场填词一阕，就赔她一支金钗。欧阳修知道这是钱惟演在警告自己，于是填了这首词当作惩罚。

柳外轻雷，雨打池荷。听，爱情浓稠时，雷声也变得很轻。在小楼上，我们并肩倚靠，看着西角的彩虹，等着即将升起的明月。燕子在梁间探头探脑，我们只好放下窗帘。床上竹席平整，床头水晶双枕冰凉，她的金钗从发上落下，就落在枕头的边上。

我只能说这首词并不适合单身人士读。欧阳修的夏日为何清凉，想来不用我多说。除了竹席水晶枕，人家旁边还有冰肌玉骨呢，能不清凉吗？单身人士们，如果你觉得热，请自觉去寻找爱情。

| 2 |

绿叶阴浓，遍池亭水阁，偏趁凉多。海榴初绽，妖艳喷香罗。老燕携雏弄语，有高柳鸣蝉相和。骤雨过，珍珠乱糁，打遍新荷。

人生有几，念良辰美景，一梦初过。穷通前定，何用苦张罗。命友邀宾玩赏，对芳樽浅酌低歌。且酩酊，任他两轮日月，来往如梭。

——元好问《骤雨打新荷》

就算你不熟悉元好问，那你也一定知道那句词："问世间、情是何物，直教生死相许。"

《甄嬛传》里，玉娆说元好问的好词唯此一阕了。纵使元好问的好词唯《摸鱼儿》一阕又何妨？他还有他的散曲。

元好问出生时，大宋王朝并没有灭亡，但因为他生在北方，所以属金国人。汉人生活在金国，日子没那么好过，不过元好问以他的才华为自己争取到了很多安宁。可是，金国最终也没有站稳脚跟，凶悍的蒙古国打来了。金国灭亡后，元好问跟一批金国官员一起被俘，押往山东看管了起来。虽然没有铁窗牢笼，但是那几年，他是不自由的，于是就有了这首曲。

曲子的上阕写了很美的夏景。纵使是夏日，绿树的浓荫下、池塘的阁楼中，也还是凉爽惬意。石榴花初放，朵朵艳丽。汝燕雏莺的呢喃和高柳上的蝉鸣，交相附和。骤雨说来就来，似一颗颗珍珠散落，敲打着新荷。

可看着这样的美景，元好问却是忧伤的心情。人生短短数载，要懂得及时行乐。今生的命运早已在前世定夺，用心良苦也无济于事。不如与好友一起浅酌低歌，喝到酩酊大醉，连日月穿梭也忘了。

元好问的凉，有池上阁楼的清凉，也有人生困顿的凄凉。前一种，我们可以试试，后一种，还是算了吧。

| 3 |

> 山光忽西落，池月渐东上。
> 散发乘夕凉，开轩卧闲敞。
> 荷风送香气，竹露滴清响。
> 欲取鸣琴弹，恨无知音赏。
> 感此怀故人，中宵劳梦想。
>
> ——孟浩然《夏日南亭怀辛大》

私以为，孟浩然是个把朋友放在第一位的人。比如那一年，湖北来了一位大人物，叫韩朝宗。李白的"生不用封万户侯，但愿一识韩荆州"，说的便是他。韩大人很欣赏孟浩然的才华，觉得这样的才情要是被隐没在青山流水间就太可惜了，于是决定带孟浩然入京，向朝廷举荐他。不巧的是，孟浩然与韩大人约定出行的那天，刚好有几位故人来访。孟浩然很好客，有朋自远方来，怎能怠慢？于是剧饮欢甚。席间，有人提醒他与韩大人的约定，孟浩然却不以为意地说："业已饮，遑恤他！"酒已经喝上了，哪有空闲去理会那些呢？韩大人听闻甚怒，拂袖而去。许久之后，有人问孟浩然当初这样做后不后悔，孟浩然摇头、微笑。

再比如公元 740 年，五十一岁的孟浩然背上长了毒疮。我们都知道，得了这类疾病，要控制饮食，烟酒辛辣都碰不得。可是正巧王昌龄来孟浩然家做客，为了好好招待老友，孟浩然忘了医嘱。结果王昌龄走后，他的病情加剧，不久之后便逝世了。

这一次，孟浩然发现了一个夏日里的好去处——南亭。日落西山，月升东池，披散开头发，推开窗门悠闲地躺着，尽情享受傍晚的清凉。晚风送来荷花的香气，竹叶上露水滑落，叮咚作响。这样惬意的时光里，如果老友在身旁，我定要抚琴一曲。可惜啊，我与他相去甚远，只能在夜晚的梦里与他相聚。

如果你以为我要谈友情与凉意，那么你就错了，我想说，在这首诗里，孟浩然教给了我们纳凉的正确姿势：披头散发，摆成"大"字形躺着。或许只有这样，才能捕捉到盛夏隐含的凉爽。

| 4 |

乳燕飞华屋，悄无人、桐阴转午，晚凉新浴。手弄生绡白团扇，扇手一时似玉。渐困倚、孤眠清熟。帘外谁来推绣户？枉教人梦断瑶台曲。又却是、风敲竹。

石榴半吐红巾蹙，待浮花、浪蕊都尽，伴君幽独。秾

艳一枝细看取，芳心千重似束。又恐被、秋风惊绿。若待

得君来向此，花前对酒不忍触。共粉泪、两簌簌。

——苏轼《贺新郎·夏景》

苏轼固然有他"大江东去"豪放的一面，但是苏轼写起美人来，也不输婉约派的任何一位词人。

是否燕子也偏好美人？不然为什么美人的屋檐下总会有一只新燕栖落呢？静悄悄的院落里，梧桐的树荫也转过了正午。傍晚的凉意围绕着刚出浴的美人。她手拿团扇，扇与手都似白玉凝脂。困倦袭来，她斜倚着进入了梦乡。忽然，有人来推她的门，生生地把她从瑶台好梦中惊醒。走到门边来看，原来无人，是晚风敲响了竹子。

半开的石榴花好似褶皱的红巾，等轻浮的春花凋谢殆尽，只有它陪伴在美人左右。细看这石榴花，千层花瓣也像美人心事重重，怕秋风惊起，吹得只剩一树惨绿。来日美人再来花前饮酒，不忍触碰，只有粉泪与残花簌簌落下。

晚风敲竹，净水新浴，团扇纤手，想想这画面，倒是有些凉快。

| 5 |

柳庭风静人眠昼，昼眠人静风庭柳。香汗薄衫凉，凉

衫薄汗香。

手红冰碗藕，藕碗冰红手。郎笑藕丝长，长丝藕笑郎。

——苏轼《菩萨蛮·回文夏闺怨》

是时候祭出苏轼这记"撒手锏"了。

院落无风，垂柳阴凉，在这个宁静的夏日，闺人昼寝。闺人昼寝，这个夏日显得格外安静。这时，微风泛起，柳枝荡漾。薄汗与薄衫相得益彰。若是大汗淋漓，便不美也不凉；若是厚衣臃肿，又不能尽显美态。红润的手捧着冰水莲藕，碗里的冰水把玉手冰得通红。尾句最耐人寻味，"藕"即是"偶"，"丝"即是"思"，郎不合时宜的笑又恰巧与题目中的"怨"对应。

怎么样，如此绝妙的词，读罢，是不是也感到了丝丝凉意？

大致总结一下，古人的纳凉妙招里少不了池塘、新荷、乳燕、晚风、静竹、卧眠、薄衫、花香、轻雨这几个意象。但我觉得这些都不重要，重要的是"静心"，正所谓"心静自然凉"。

带上这些诗，走进秋天

关于秋天，我记得这样几句话。

舅爷爷是我家亲戚中唯一的农民。如果没记错的话，他应该是不识字的，一辈子把自己种在土里。记忆中，舅爷爷的口头禅是"等秋天"，无论跟他说什么事，他都会说"等秋天吧"。那年夏天对于舅爷爷家来说是多事之夏。先是舅奶奶腿不好了，走路越来越吃力；接下来是雨季时牲口棚被大雨冲塌了；到了八月，终于来了好消息，孙女考上了大学，可是又要一笔钱。舅爷爷没说半句话，只是终日在地里转悠。快到中秋节的时候，舅爷爷从地里回来，他终于说了一句话："好了，好了，稻子弯腰了。"秋天，是舅爷爷的全部希望。

上初中之后的第一节体育课来得无半点特别之处，跑步、做操，等等。唯一的不同，大概就是老师频繁地擦眼睛，下课整队时眼圈都被他揉得有些发红了。我们什么都没问，什么都没说，但老师还是自言自语："秋天了，风真大。"许久之后，我们知道了一个秘密：如果不是那场车祸，体育老师的孩子也是初中生了，也会在操场上跑步、做操。秋风再大，有些事也还是吹不走。

大学时，学校有一片与众不同的草坪。四月，其他草坪已一片碧绿，它还是枯黄的；十月，万物都凋谢了，它却绿得坚强。据说这是生物系的人研究出来的特殊品种。他们用了什么高科技的手段，我们学文的不懂，我们有自己的腔调。有一回，得是深秋了，我跟室友拎着饭盒从那片草坪经过，我漫不经心地说："银杏也黄了，枫叶也红了，它还绿着。"我室友同样漫不经心，说："也许它在等一首诗吧。"

每个人都会带着自己的情绪走进秋天，或喜，或悲。

| 1 |

比如刘禹锡就是欢乐的。

不，确切地说，他不是欢乐，而是豪迈。

自古逢秋悲寂寥，我言秋日胜春朝。
晴空一鹤排云上，便引诗情到碧霄。

——刘禹锡《秋词二首·其一》

大概是从战国时期的宋玉开始，人们有了"悲秋"的习惯。刘禹锡理应"悲秋"，因为在这个秋天，他经历了改革失败、自己被贬、同僚被杀。就在人们忙着悲伤也忙着替刘禹锡悲伤的时候，刘禹锡却说"秋日胜春朝"。到底是秋日里的什么胜过了生机勃勃、欣欣向荣的春天？是苍茫辽阔的苍穹，是直冲云霄的野鹤，是可以把一切惆怅和伤感融化掉的诗情。我独喜欢第三句。一个"一"字，道尽了孤独与不被理解。很多人在不同的情况下都有过孤独与不被理解，于是消极萎靡，但刘禹锡不是，所有的失意都不能掩盖他的自信和豪情。"排"即冲破，他要用一颗无畏的心冲破一切压抑和封锁，去寻找属于自己的天空。所以，胜过春朝的不是秋日，是刘禹锡的豪情。

| 2 |

同样能在冷落中觅得佳景的还有杜牧。

> 远上寒山石径斜，白云生处有人家。
> 停车坐爱枫林晚，霜叶红于二月花。
>
> ——杜牧《山行》

即便没有一丁点儿诗词基础的人，也知道杜牧这首诗写的是秋天的美景，可不知道大家有没有读出来，这里的美景来之不易。

你看，一个"远"字就让我们体会到了长途跋涉的艰辛。不仅遥远，山上那弯弯曲曲的小路极为陡峭，极其难走。那么好不容易登上的这座山是什么样子的呢？是寒冷的。是啊，落霜了，一切都透着凉意。当然，这里的凉意一半来自季节，一半来自时间——晚。

这所有的不易，让我们不得不想到当时的唐王朝和杜牧的处境。在经历了藩镇割据、宦官掌权、朋党之争的三次打击之后，唐王朝已经奄奄一息了，仿佛入了秋，仿佛近了夜。而杜牧呢，他的仕途之路和人生之路也因为卷入了党争的涡流而显得艰险难行。可是在国运与人生都充满荒凉的时候，杜牧却看到了红叶，比二月的花还要鲜艳的红叶，因此他驻足、他歌颂。

如果刘禹锡是豪迈，那么杜牧就是坚韧与执着。

| 3 |

王维不同，他笃信佛教，因此他的诗里永远带着禅宗的意味。

> 空山新雨后，天气晚来秋。
> 明月松间照，清泉石上流。
> 竹喧归浣女，莲动下渔舟。
> 随意春芳歇，王孙自可留。
>
> ——王维《山居秋暝》

王维这一生都在纠结中度过。比如他既渴望建功又向往山水，而这两件事，本身就是矛盾的。

还好王维有自己的办法。他在长安城郊觅得一处幽静的居所，每当朝中那些不堪的人和事让他烦恼时，他就来这里享受他的浮世清欢。

皎洁的月光从松枝的缝隙间洒下来，清澈的泉水在岩石间流淌，远处的竹林里传来浣衣的女子说笑嬉戏的声音，山下湖泊里的莲花在摇动，原来是夜捕的渔船入水冲破了平静的湖面。这样一幅画面，大概没人会联想到秋天，可它的确发生在秋天，而且是值得留下来的秋天。在内心美好且安静的人眼中，秋天也不那么荒凉了。

还有些写秋天的诗，也那么美，可是读着读着就悲了。

> 马穿山径菊初黄，信马悠悠野兴长。
>
> 万壑有声含晚籁，数峰无语立斜阳。
>
> 棠梨叶落胭脂色，荞麦花开白雪香。
>
> 何事吟余忽惆怅？村桥原树似吾乡。
>
> ——王禹偁《村行》

王禹偁是北宋较早的诗人。早到什么程度呢？柳永已经算是宋初的文人了，却比王禹偁小三十岁。但凡是文人，几乎没有没被贬过的，除非一生布衣。王禹偁也没能破除这个魔咒。

公元 991 年，庐州一位尼姑（一说僧人）诬告文人徐铉，王禹偁挺身而出为徐铉雪诬，却触怒了太宗，被贬为商州团练副使，从此开始了"副使官闲莫惆怅，酒钱犹有撰碑钱"的生活。

马儿穿过的山间小路上秋菊微黄，就这样信马由缰地前行，因为风景永远比目的地耐人寻味。千万道山谷里回荡着大自然的韵律，那一座座山峰静默地伫立在夕阳下，大概也是在静听秋天的声音。棠梨的叶子落了，却像是开在地上的红花；荞麦花白如雪，却又比雪花多了一缕清香。如果这首诗到这里戛然而止，那么则可以把它归到欢快的一类了。可诗人毕竟是被贬到此地，心中怎么能没有哀伤呢？

连他自己也不知为何就突然泛起了惆怅，环顾四周才发现，原来那村边的桥和原上的树都和家乡的太像了。

这乡愁来得猝不及防。

5

东皋薄暮望，徙倚欲何依。

树树皆秋色，山山唯落晖。

牧人驱犊返，猎马带禽归。

相顾无相识，长歌怀采薇。

——王绩《野望》

每每提到王绩，我总能想起陶渊明。他和陶渊明很像，一生几次出仕，又几次归隐。陶渊明有一篇闻名于世的《五柳先生传》，王绩则有一篇《五斗先生传》。而且通过这篇文章可得知，他与陶渊明一样爱酒。可他跟陶渊明又不一样，陶渊明的田园是快乐的，而王绩的，则略显惆怅。

田园是王绩最终的追求吗？我一直在思考这个问题。如果不是，他为何几次归隐？如果是，那他又为何在归隐后踌躇徘徊、百无聊赖？尽染秋色的树林与披上余晖的山岭相映成诗，牧人驱赶着牛群返回，猎人带着猎物回家。这画面多么美好，但读来就是会有一丝苦涩在嘴边回味。王绩就在这样一幅静谧而又略带萧索的画面中思考"田园"与"归隐"的含义。他仍然要向田园狂奔，大概唯有田园能安放他的愁绪。

| 6 |

再往下走，秋天便一点喜色也没有了。

> 枯藤老树昏鸦，小桥流水人家，古道西风瘦马。
> 夕阳西下，断肠人在天涯。
>
> ——马致远《天净沙·秋思》

提及与秋天有关的诗词时，这大概是人们最熟悉的一首。诗歌发展到元代已然落寞，马致远的这首小令却成了元曲里的一枝独秀，后人也称它为"秋思之祖"。

枯藤绕着老树，顺着藤蔓向上望去，有一只斜阳影里的乌鸦。秋天一下子就来了，凄凉一下子就来了。许是诗人心疼读者，没有将这凄凉蔓延开，才写了"小桥流水人家"这句颇为明快的句子。可紧跟着向远处望去，西风在古道上荡起一阵尘烟，在尘烟深处，那个颠沛无依的断肠人，正走向他的下一处天涯。

那么天涯又是哪儿？在漂泊人的眼里，家以外的地方即是天涯；在失意人的眼里，功成之外的境遇即是天涯。而马致远，就是个漂泊的失意人。

忽又觉得那看似明快的"小桥流水人家"其实更加荒凉。"人家"是谁人的家？美好是谁人的美好？

> 对潇潇暮雨洒江天，一番洗清秋。渐霜风凄紧，关河冷落，残照当楼。是处红衰翠减，苒苒物华休。惟有长江水，无语东流。

不忍登高临远，望故乡渺邈，归思难收。叹年来踪迹，何事苦淹留？想佳人妆楼颙望，误几回、天际识归舟。争知我，倚阑干处，正恁凝愁！

——柳永《八声甘州》

如果不探讨以乐景写哀情这种艺术形式的话，那么在马致远的曲子里，好歹还能读到"小桥流水人家"这样的句子。秋天到了柳永这里，算是凄凉到了顶点。

潇潇暮雨仿佛要把一切颜色和一切温度都洗掉，于是秋天只剩下清冷。晓霜惨白，晚风急骤，山河冷落，唯江楼上有一抹亮色，却还是落日余晖。想到李清照说"绿肥红瘦"已是满心愁情，那么"红衰翠减"呢？连浑不懔的肥壮的叶子都凋零了，更何况柔弱的花。是啊，时间和长江一样无情，不容分辩地要把一切带走。

不能归家，所以不敢登高远眺，但思乡的心绪难以抑制，连自己都不知这么多年为何事四处漂泊。还有那远处的佳人，多少次把天际的小船盼近了，却又没有我。彼处，她在小楼上伤心；此处，我在栏杆前惆怅。

回不去家乡，停不下漂泊，见不到爱人，这个秋天如此难过。

无论是喜是悲，从审美角度来看，一切皆是景致。其实还是我室友说得对，秋天什么都可以缺，唯独不可缺的，是诗。

总有一片雪落在诗里

　　雪天是容易发生故事的。故事发生在雪天也容易显得更神奇。

　　比如东晋时期的王子猷。王子猷是书圣王羲之的儿子，浙江绍兴人。某天夜里，大雪纷飞，王子猷在睡梦中醒来，打开窗户望见四下里一片洁白，又饮了些酒，于是起了兴致，要去拜访住在剡县的戴安道。说走就走的旅行，就这样在一个雪夜开始了。小舟在江中泛了一夜，王子猷终于来到戴安道家的门口，按理说他该去叩门了，可是他没有，他竟然掉转船头回了家。后来有人问他为何如此，王子猷说他出来是因为兴致，回去也是因为兴致。

　　大雪，不动声色地衬托了一位名士的潇洒与率性。

　　再比如北宋时期的杨时。他为了拜当时的大学者程颢为师，竟然放弃了做官的机会。数年后程颢先生辞世，杨时也已过不惑之年，但他仍然没有放下求学之心，又辗转到洛阳拜程颢的弟弟程颐为师。他去拜见程颐那天，天下大雪，程老先生正在房中闭目养神。杨时不敢惊动先生，只能恭恭敬敬地站在门口，不言不动。等老先生醒来时，雪已经有一尺厚了，而杨时的脸上没有半点厌烦的神情。

大雪，把一颗诚心表现得淋漓尽致。

还有明末清初的张岱。别人游西湖都去看西湖的三秋桂子、十里荷花，或者去看西湖的水光潋滟、山色空蒙。张岱不同，他特意挑了一个"大雪三日，湖中人鸟声俱绝"的日子去游览。没有这一场大雪，人们哪里知道张岱的"痴"呢？

还有东晋才女谢道韫。他的叔父谢安在一个风雪交加的日子把后辈们聚到一起闲谈，忽然如语文老师附体，让大家为窗外的大雪寻一个恰当的比喻。谢道韫因一句"未若柳絮因风起"，成了为人称道的咏絮之才。没有这一场大雪，也许历史上就少了一位才女。

雪，不可辜负。

| 1 |

宜赏梅

梅雪争春未肯降，骚人阁笔费评章。
梅须逊雪三分白，雪却输梅一段香。

——卢梅坡《雪梅·其一》

有梅无雪不精神，有雪无诗俗了人。
日暮诗成天又雪，与梅并作十分春。

——卢梅坡《雪梅·其二》

这位卢梅坡卢大诗人，是一位神秘人物。神秘到什么程度呢？

别说生平事迹了，就连他的名字，我们也不知道——"梅坡"是他为自己取的号。但这不重要，不了解他，并不妨碍我们喜欢他的诗，尤其是这两首《雪梅》。

雪与梅争相报春，谁也不肯相让。这可难为了诗人们，无法提笔为它们写下评判的文章。细想来，的确如此，梅花输了雪花三分洁白，雪花又输了梅花一段清香。它们都是那样惹人怜爱。

如果只有梅花，而没有白雪相衬，总觉得少了些韵味；如果只有白雪，而没有诗歌相和，又会显得俗气。日暮时分，诗歌写就，白雪落成，寒梅盛开，好一番景致，好一派春色。

> 雪里已知春信至，寒梅点缀琼枝腻。香脸半开娇旖旎。
> 当庭际、玉人浴出新妆洗。
> 造化可能偏有意，故教明月玲珑地。共赏金樽沉绿蚁。
> 莫辞醉、此花不与群花比。
>
> ——李清照《渔家傲》

李清照是写花的高手，而且菊与梅出现的频率最高。这大概是因为她的性格吧，不屈又不争。

李清照说，在纷飞的大雪里，我们知道春天就要来了。一点寒梅，将如美玉般的枝条点缀得丰满而艳丽。梅花那含苞欲放的样子，就像庭院里刚刚出浴、化了新妆的美人。

大自然也可能有偏爱，在这个寒梅映雪的日子里，又让玲珑的月光洒满大地。我们何不举杯赴醉，要知道，群芳争艳，谁也比不过梅花啊。

记得有一年新年时去南方，正赶上蜡梅花开，不胜撩人！

| 2 |
宜小酌

在那个梅雪相映成趣的晚上，李清照提议一醉方休，不辜负良辰美景。其实，雪花落下的时候，想喝上一杯的，不止李清照一人。

绿蚁新醅酒，红泥小火炉。

晚来天欲雪，能饮一杯无？

——白居易《问刘十九》

问了那么多年刘十九，白居易终没有跟刘十九喝上这一杯。关于这首诗，说法有两种。一种说法认为这首诗是白居易晚年隐居香山时所作，而刘十九是白居易当年在江州时的朋友。另一种说法认为这首诗作于白居易任江州司马期间，刘十九是嵩阳的一位隐者。

不管哪一种说法正确，这首诗都是白居易怀念故人之作。

新酿的米酒上还漂浮着淡绿色的泡沫，烧旺的炉火已把炉子映得通红。天色将晚，雪意正浓，不知你能否来，像当年一样与我共饮一杯呢？

也许千里之外的刘十九，此刻也备好了新酒，等着白居易呢。在这样一个大雪天气，小酌对饮，哪怕是隔空对饮，都是对这一片洁白最好的尊重。重要的是，酒要暖。

3

宜书写

北风吹雪四更初，嘉瑞天教及岁除。

半盏屠苏犹未举，灯前小草写桃符。

——陆游《除夜雪》

那年的除夕夜，陆游的窗外也是大雪纷飞。也许是除夕守岁的缘故，已是凌晨时分了，陆游还没有睡去。望着飘飘洒洒的漫天大雪，陆游感慨着瑞雪兆丰年。是啊，又是一年春节到，这一晚，他都在不停地忙碌着，忙得连眼前的那半盏屠苏酒都没来得及举起喝下。除夕之夜，他在忙什么呢？当然是忙着在灯前书写迎春的桃符。

雪日，宜书写。你可以像陆游一样用毛笔写几个大字，练练书法；也可以提起笔来给远方的亲人、朋友书信一封；或者，为自己写一段寄语，记一段心情。总之，雪和纸都是白色的，它们都等着你留下时光的印记。

雪之忌

当然，落雪的日子里也有禁忌——忌孤枕，忌思念。

已讶衾枕冷，复见窗户明。

夜深知雪重，时闻折竹声。

——白居易《夜雪》

那一年，白居易被谗言所害，贬居江州。在一个落雪的寒夜，白居易感受到了南方的湿冷。不仅湿冷，窗外的雪也越下越大，因为耳边不时传来积雪压断竹枝的声音。大雪压断了竹枝，可压在白居易心头的积雪呢？孤枕易难眠，何况雪夜！

还有李商隐。

剑外从军远，无家与寄衣。

散关三尺雪，回梦旧鸳机。

——李商隐《悼伤后赴东蜀辟至散关遇雪》

李商隐在四十岁左右失去了心爱的妻子，悲痛万分；又逢朝中党派相争，时局艰难，便决定应好友邀赴四川从军。途经大散关时，风雪交加，李商隐不由得想起了自己的妻子，想到自己从此便是一个无家可归之人，羁旅在外，也再无人给他寄来衣裳。伤痛倦极，蒙眬入睡，睡梦中见妻子正坐在旧时的鸳鸯机前为他赶制棉衣。

雪是情感的催化剂，喜愈喜，悲愈悲，所以雪天不宜思念。

冬至，冷到极致

据说，冬至也是个节日，有"冬节""亚岁"，甚至"小年"的说法，但我从未把冬至当作一个节日过过。回想起来，只有十几年前的那个冬至，是一个很特别的存在。

那天特别冷，从早上开始，天就一直阴着。我做完家教出来时也就下午四点多，天却大黑了。我朝小区后面的公交车站走，一路迎着北风，早餐供给身体的能量已消耗殆尽，寒冷倍增。公交车也像跟我作对一样，左等也不来，右等也不来。车站后面的小饭店里飘出了饭菜的香味，我强忍着没有走进去，毕竟上了一天课也只有一百多块的收入，如果花在学校食堂，大概可以吃一周；如果选择此时饱餐一顿，至少要花掉一半，内心忽然有一种"何事长向别时圆"的悲凉。等着等着，雪花开始飘了，落在唯一裸露在外面的睫毛上，融化了好像是因为寒冷和饥饿而涌出来的眼泪。

公交车终于来了，人们蜂拥着挤上车，一站一站地往前挨。离学校还有几站时，公交车里松快了不少，我也得了个座位，旁边是一位四十岁左右的姐姐。坐下来，我把一直背在身后的书包挪到身前，下意识地往里摸了摸，又摸了摸，把拉链彻底打开仔仔细细地翻找，又把全身上下能放东西的口袋都摸了一遍，还是没有——我的钱夹不见了。

虽然重要的证件没在里面，但这个月的生活费，以及这一整天嗓子都讲哑了才换回来的血汗钱，全都没了。一时间，冷、饿、累、惨汇集到一起，变成一股酸意冲向鼻腔。眼泪打着滚儿地流下来，止也止不住。

旁边的姐姐似乎明白了一切，准备下车的时候，她对我说："小姑娘，今天是冬至，是最暗最冷的一天，过了今天，就都好了。"

然后她朝我笑笑。那一刻，我好像长大了一些。

| 1 |

冬至，朝廷给官员们放了假。冬至都放假，有没有点想穿越回去的冲动？民间也很热闹啊！一大早，人们就开始互相祝福，互相叮咛添衣，北方的互相提醒要吃饺子，南方要丰富些，人们在准备汤圆、麻糍、糯糕、酒酿等。

有人在盼一场雪，有人在怨一场雪。

这一年，白居易正外出游宦做官，冬至时节，只能在邯郸城的一家客栈里度过。看看窗外，万家灯火，每一户的窗纸上都映出了团聚的画面，他心里有点泛酸，于是作了这样一首诗：

邯郸驿里逢冬至，抱膝灯前影伴身。

想得家中夜深坐，还应说着远行人。

——白居易《邯郸冬至夜思家》

在邯郸的客栈里，正逢冬至来临。夜晚，我抱膝坐灯前，只有影子与我相伴。想来我的家人们今天也会聚会到深夜吧，他们吃饭、喝酒、聊天，然后聊着聊着就聊到了我这不在场的远行人。

冬至，如果你能和家人团聚，请珍惜，毕竟还有像白居易一样羁旅在外的孤单人。

| 2 |

属于白居易的冬至总是惨淡的。

为躲避家乡战乱，白居易幼时随母亲迁至父亲工作的地方——徐州符离。在符离，白居易结识了一个叫湘灵的女孩。湘灵聪颖活泼，还略通音律，两人很快成了青梅竹马的玩伴。又过了几年，他们就自然而然地相爱了。

二十几岁的时候，白居易不得不离开符离去江南谋前程；二十九岁时，白居易高中进士回乡省亲，求母亲让他与湘灵成婚。可是母亲封建观念极重，以门第不当为由，拒绝了白居易的请求，还不让他们见面。白居易也是个执着的人，从此用拒绝结婚来向母亲表示反抗。这一年的冬至，孤身的白居易又想起了湘灵。

艳质无由见，寒衾不可亲。

何堪最长夜？俱作独眠人！

——白居易《冬至夜怀湘灵》

美梦都是一样甘甜，失眠的夜却漂浮着不同的惆怅；美梦总是嫌短，失眠的夜却那样漫长。更何况，确实没有一个夜晚能长过冬至这一天了。想到再也见不到你，连棉被也显得冰冷不想亲近。不知道怎样才能熬过这一夜，想来我们都是孤独失眠的人吧。这个冬至夜，真是冷到了极点。

冬至，如果你爱的人和爱你的人还在身边，请珍惜，爱情才是冬日里的暖气。

|3|

公元 766 年，杜甫在四川夔州过了人生中第五十五个冬至。这个冬至对于杜甫来说，应该特别寒冷，与天气以及没有炉火都无关。

从大概二十年前说起，杜甫满怀希望地来到长安，想要一展抱负。哪知，唐玄宗已经不是当年那个唐玄宗了，他把大权交给李林甫，自己一头扎在杨贵妃的温柔乡里。李林甫害怕后生们比他厉害，用手中权力导演了一出"野无遗贤"的大戏。所以那一次考试，无一人中第，包括杜甫。

后来，杜甫经历了困顿长安十年没有工作、儿子饿死、"安史之乱"爆发被叛军俘虏、逃亡四川有家难归等种种不堪，在这个冬至，他作了这样一首诗：

> 天时人事日相催，冬至阳生春又来。
>
> 刺绣五纹添弱线，吹葭六琯动浮灰。
>
> 岸容待腊将舒柳，山意冲寒欲放梅。

云物不殊乡国异，教儿且覆掌中杯。

——杜甫《小至》

　　天时人事，每天都在催人老去，转眼又到了冬至。虽然这是一年中最冷的时候，可是熬过了这一天，春天也就不远了。每个人都不可避免地会产生一些悲观的情绪，比如在面对苟且的生活时，比如在看到衰老的自己时，但乐观的人更懂得转移这种情绪，就像雪莱说的——"冬天到了，春天还会远吗？"

　　杜甫就懂得。当所有人的眼里都只有寒冷时，他看到了什么呢？他看到了绣女们因为白昼变长而多织了几根彩线，看到从玉笛中吹出了芦苇的浮灰，看到了堤岸在等待腊月结束好舒展成行的柳枝，也看到了高山要冲破寒意让梅花绽放。而这些景物都与家乡的无异，又何必把"颠沛"强加给自己呢？不如饮一杯酒，与世事和解。

　　杜甫的身上有那么多不幸，但他依然选择乐观。如果，我是说如果，你也经历了一些美好的逝去，请在这个日子忘记它，像杜甫一样，给自己留一份希望。

图书在版编目（CIP）数据

身在浮世，心向清欢：遇见古诗词之美 / 子聿著
. — 南京：江苏凤凰文艺出版社，2022.2（2024.2 重印）
ISBN 978-7-5594-3547-7

Ⅰ.①身… Ⅱ.①子… Ⅲ.①古典诗歌 – 诗歌欣赏 –
中国 Ⅳ.①I207.2

中国版本图书馆 CIP 数据核字（2020）第 258612 号

身在浮世，心向清欢：遇见古诗词之美

子聿 著

责任编辑	白　涵	
选题策划	麦书房文化	
装帧设计	仙　境	
责任印制	冯宏霞	
出版发行	江苏凤凰文艺出版社	
	南京市中央路 165 号，邮编：210009	
网　　址	http://www.jswenyi.com	
印　　刷	北京中科印刷有限公司	
开　　本	880 毫米 ×1230 毫米　1/32	
印　　张	8	
字　　数	185 千字	
版　　次	2022 年 2 月第 1 版	
印　　次	2024 年 2 月第 5 次印刷	
书　　号	ISBN 978-7-5594-3547-7	
定　　价	42.00 元	

江苏凤凰文艺版图书凡印刷、装订错误，可向出版社调换，联系电话 025-83280257